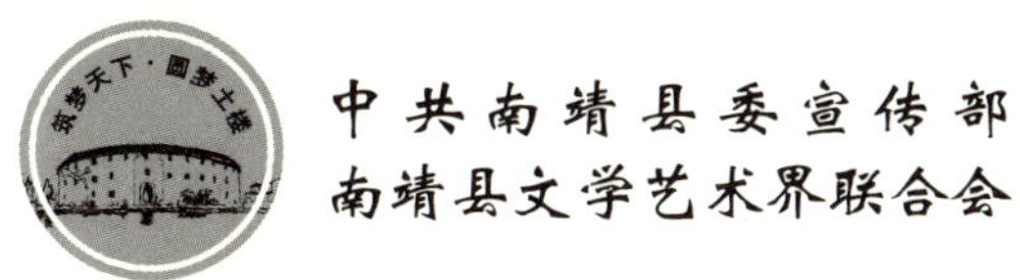

蘭水雅韻

主编 吴鸿璋

图书在版编目(CIP)数据

兰水雅韵 / 吴鸿璋主编.-北京:中国文联出版社,2020.11

ISBN 978-7-5190-4392-6

Ⅰ.①兰… Ⅱ.①吴… Ⅲ.①散文集-中国-当代

Ⅳ.①I267

中国版本图书馆CIP数据核字(2020)第213140号

兰水雅韵

主　　编:吴鸿璋

终 审 人:朱彦玲　　复 审 人:蒋爱民

责任编辑:袁　靖　　责任校对:刘成聪

封面设计:魏冬逸　　责任印制:陈　晨

出版发行:中国文联出版社

地　　址:北京市朝阳区农展馆南里10号,100125

电　　话:010-85923051(咨询)85923000(编务)85923020(邮购)

传　　真:010-85923000(总编室),010-85923020(发行部)

网　　址:http://www.clapnet.cn　　http://www.claplus.cn

E-mail:clap@clapnet.cn　　yuanj@clapnet.cn

印　　刷:漳州立彩印刷有限公司

装　　订:漳州立彩印刷有限公司

本书如有破损、缺页、装订错误,请与本社联系调换

开　　本:787×1092　　1/16

字　　数:231千字　　印　张:13

版　　次:2020年11月第1版　　印　次:2020年11月第1次印刷

书　　号:ISBN 978-7-5190-4392-6

定　　价:82.00元

序

兰水，这个古色古香的字眼，曾经出现在南靖的历史舞台，这是南靖古时的称谓。顾名思义，就是指青山绿水之境，兰香馥郁之城，是一个弥漫着无限温情的绝佳之地。

南靖位于九龙江西溪上游，自然景观得天独厚，一直是一个典雅古朴、有着艺术魅力的县域，蕴藏着极其丰厚的人文精神，给予人们可思量、可发展、可打造的发展空间。南靖是中国建兰、墨兰的主产区之一，号称“中国兰花之乡”，称之兰水当之无愧；世界民居中独一无二的土楼就在这片土地上，并以历史悠久、规模宏大、造型奇异而闻名于世，被列入《世界遗产名录》；龙山镇的东溪窑是明清时期我国闽南地区的一处大规模外销瓷窑场，是海上丝绸之路中国史迹的重要组成部分……所有的一切，都可以让人们感受到蕴藏在青山绿水之间的历史文化韵味。

如果将经济发展比作一个地方的血肉和躯干，那么文化建设则代表地方上的灵魂和精神。“筑梦天下·圆梦土楼”是将先进理念和传统文化等因素融会贯通，是实现梦想而不懈努力，最终梦想成真。此次我们以“空谷幽兰·最美南靖”为主题，深入挖掘南靖土楼文化、东溪窑文化、生态文化、红色文化、兰花文化等地方特色文化内涵。出版《兰水雅韵》一书是我们诠释南靖开放、活力、美丽、宜居的独特魅力和深厚文化底蕴的一项具体行动，旨在从文化层面提升、丰富人们的精神世界，展现在自然环境下，人与自然和谐相处、世世代代持续生存与发展的真实历史。

如今，这样一个宜居、秀美的南靖正在迅速崛起，一个发展、繁荣、和谐的南靖即将谱写出崭新的篇章。在此，希望读者们凭借“乡梦丛书”，犹如凭借南靖的地域，去寻找南靖，了解南靖，探寻“筑梦天下·圆梦土楼”的光辉历程。同时，“乡梦丛书”也是我们从多角度全方位展示乡梦的持续开展以及南靖文化建设成果的举措之一。

东溪情怀

土楼寻梦

写意生态

东溪欢歌

□ 珍夫

青山永在，绿水长流。隐藏在大山深处的东溪，几百年欢歌，奔流入海。

时而阳光明媚，轻吟浅唱，一路平静安宁；时而狂风暴雨，水急浪高，一路曲折惊险。东溪默默地尽情流淌，无怨无悔地朝大海前进。

出生在金山的我，很小的时候，父母参加大集体劳动，到荆都“大山荒”开荒种植，经常听他们回来嘀咕：满山碎碗残碟，难于动锄垦殖。待长大一点，随父亲经荆都到龙山公社西山大队走亲戚，翻山越岭累了，站在羊肠小道上，手捡路旁随处可见的废旧瓷片乱扔，问父亲：“荆都为什么有上窑、下窑的社名？”父亲总是无语。

不仅父亲不知道，几十年过去，我学校毕业在南靖县工作二十多年了也不晓得。福建土楼“申遗”成功，大家自然高兴，我却为《福建土楼探源》发愁。2011年11月6日，去广东省饶平县寻访“潮州三楼”（南阳楼、镇福楼、道韵楼）途中，听同行的文化部门人员讲，平和县、华安县均有古窑址文本上报国家文物局，准备与其他“捆绑”一起“申遗”，南靖县因没有考察发现古代陶瓷遗址而错失机会，我感到可惜，便与同行人员争得面红耳赤。回来后，我搜找到2005年福建美术出版社出版的《中国福建古陶瓷标本大系·南靖窑》（叶文程主编），呈送给有关人员，他们哑然了。

时光在错愕中度过。2015年中国“海上丝绸之路”项目申报列入《世界遗产名录》工作重启，南靖县积极争取，开始搭建“申遗”工作班子，着实兴奋了一把。就在“申遗”工作有条不紊地开展时，2016年底南靖县政府决定成立海丝·东溪窑文化研究会，选举我为副会长。我高兴之余，不禁忐忑，因此在主持海丝·东溪窑文化研究会成立大会时表示：“风雨多经人不老，关山初度路犹长。没有报酬，只有付出，我要跟大家共同协作，克服困难，完成艰巨的任务。”随即，南靖县于2017年3月18日召开海丝·东溪窑国际学术研讨会，我自告奋勇报送《东溪窑发展促进福建土楼的兴起》《国外文化对东溪窑文化的影响》两篇论文。

文化是动力，不是工具，它为经济社会提供理念、精神价值等重要支撑。东溪窑各领风骚数百年，保护利用东溪窑传统窑址是一件光荣的历史使命，海丝·东溪窑文化研究会将扮演重要角色。我知道，凭着一种爱好和责任，远远不够，这是一条漫长的道路，需要坚韧不拔的精神。东溪窑属明中期至晚清民间瓷窑遗址，窑址分布面积广，数量多，规模约10平方公里，通过对龙山镇西山村封门坑和金山镇荆都村碗窑坑的考古挖掘，初步揭开了东溪窑的神秘面纱。然而，遍寻历史文献资料，有关南靖东溪窑的记述少之又少，仅明正德《漳州府志》卷三十《户记·物产·布货部》载“白瓷器出漳平永福里，黑瓷器出南靖河头，青瓷器出南靖县金山”和清乾隆《南靖县志》卷七·器之属曰“瓷出山城者殊胜”。漳平永福里今为漳平市永福镇，清雍正十二年（1734）前属漳州府辖地，南靖县河头今为平和县九峰镇，明正德十三年（1518）前为南靖县辖地。可见，我的家乡金山明朝正德年间生产过青瓷器，我童年问父亲的“上窑下窑”问题和路上扔的碎瓷片很可能与这段历史相关。

2017年初，传来中国海上丝绸之路申报“世遗”时间延后的消息，东溪窑的命运陷入波折，令人茫然。为完成两篇论文，工余，我继续开展东溪窑调查。平常没什么感觉，此番却忽然发现来往东溪窑的路途显得特别曲折坎坷，但我仍充满信心，不为别的，只为挖掘博大精深的东溪窑文化，以期更多新的发现，只为寻求通向海上丝绸之路的“东溪窑之路”。

瓷器是人类生活中不可缺少的器皿，也是集化工、工艺、绘画、书法、历史于一体的一部百科全书。东溪窑是漳州历史长河中一颗璀璨的明珠，东溪窑文化是广博的，与政治、经济、社会制度有关，同生态文化、土楼文化、闽南文化、海洋文化、华侨文化等紧密相连。福建土楼开创古代漳州农耕文明，东溪窑文化涉及矿产、人力、技术、能源、航运、贸易等方面，则丰富古代漳州工商内涵，大大延展了南靖、漳州的历史文化研究。因此，海丝·东溪窑文化研究会不是简单地助推“海丝申遗”成功，而是具有多重的意义。每思至此，我就步伐坚定，踩着蜿蜒的山路，听东溪吟唱歌谣，心情轻松如逐流的竹排，沿永丰溪、九龙江而下，到达月港，融入海洋和世界。

此情此景，一幕几百年前的大戏在眼前拉开，我置身戏中，如同东溪窑工一样，唱着劳动的歌《窑工谣》，手舞足蹈起来：

陶土做成坯（依呀）
我心倍儿欢（依哟）
涂上浓彩釉（依哈）
姑娘配新妆（依啊）

炉火通天红（依呀）
心花在怒放（依哟）
烧成青花瓷（依哈）
不愁吃和穿（依啊）

东溪窑，出深山
东溪瓷，美名扬
东溪窑工尽忙碌
千辛万苦心也甘

东溪的外地窑工一边捏坯、烧窑，一边思念远方的家乡和亲人，我听见他们唱《窑工心曲》，倾诉衷肠：

捏一把泥坯
望一眼山峰
想起心爱的妻子
她那甜甜的笑容
美丽的家乡
山峦起伏如苍龙

添一把干柴
望一眼天空
想起可爱的孩子
他那亲亲的面容
迷人的家乡
田畴平川夕照红

高山挡不住视线
我的思绪越千重
云雾遮不住眸光
我的情意万里浓
东溪当窑工
妻子，孩子
家乡，亲人
时刻在我心中

东溪窑特有商号及与德化等地相同款识的陶瓷涌向东溪边，一只只竹排装满山里烧制的陶瓷，驶出大山，人们也满怀希望地在溪边挥手。一只小竹排上，父女两人撑竿，竹排移动，田园风光赏不尽，成群鱼儿水底浅游，姑娘清唱《东溪在诉说》：

澄澄东溪水
缓缓地流过
对着青山
面向村庄
真情在诉说
繁忙的景象
十里窑炉满山坡
米黄陶瓷
心血的浓缩

碧碧东溪水
滔滔地流过
对着江河
面向大海
爱意在诉说
繁荣的景象
千户窑民汇成河
青花陶瓷
希望的寄托

啊！东溪窑
云水苍茫共一色
青白依旧泛长波

月洒清辉，绿波荡漾，“外通海潮，内接山涧，其形如月”而得名的月港，“农贾杂半、走洋如适市、朝夕皆海供、酬酢皆夷产”。商铺独特的木板窗户，拉开即可营业，售卖珍珠、香料、饰物等外国产品，还设有征收进口关税的“督饷馆”……我的耳边响起《东溪连海洋》：

东溪清清
大海蓝蓝
中间连着九龙江
深山炉火
映红月港
迎来灿烂的曙光
把开放之门照亮

过去悠悠
未来茫茫
架设起现在桥梁
深山流水
汇入大洋
带着万般的柔肠
把友谊之路延长

啊！海上丝绸路
东溪连海洋
一片陶瓷情
万里同歌唱
构建新的海丝路
创造更伟大的辉煌

哦，东溪窑！路遥远，水流长，我心如东溪，欢歌依然……

东溪窑，沉淀在岁月里的光华

□ 江惠春

福建漳州东溪窑是我国闽南地区明清时期的一处大规模外销瓷窑场，是海上丝绸之路中国史迹的重要组成部分。2015年4月文物部门开始对南靖东溪窑封门坑遗址进行发掘，现已发掘出窑炉区、作坊区和生活区共1483平方米。东溪窑遗址的发掘对研究明清时期瓷器生产贸易以及古代海上丝绸之路对外贸易往来和文化交流有重要作用。

【一】

瓷器，是人们日常生活离不开的日用品。那种滑润细腻的瓷，是凝聚着我们几千年文明的精髓所在。2008年北京奥运会的成功举办，给全世界留下了深刻的印象。在很多人的眼中，中国元素是北京奥运会的一大亮点，而其中中国瓷器的象征青花瓷更是受到人们的青睐，可见瓷器在中国人心中的地位和情结。在闽南地区，有一处大规模外销瓷窑场，是海上丝绸之路中国史迹的重要组成部分。地处南靖龙山镇梧营村的东溪窑遗址，规模大，烧窑时间长，经过科学考古与重点挖掘，发现此地出土大量瓷器、窑具、工具等遗物。2016年7月，国家文物局把南靖东溪窑遗址列为“海上丝绸之路·中国史迹”的申遗名单。

在时代发展的进程中，东溪窑曾经也不可避免地进入了萎缩期。自清末民初东溪窑断烧以来，漳窑工艺逐渐断代失传。如何才能更好地传承和发展漳窑，让窑烟重燃在龙山镇的土地上？幸运的是，随着东溪窑文化的复苏，人们对传统手工制作，以及对其所包含的工艺、文化和传统的热情，与日俱增。漳州本土收藏家林俊，就是致力于东溪窑挖掘传承的工艺人，他的这一生，最大的愿望就是东溪窑重现当年风华。为了这个念想，他从20世纪80年代就开始收藏漳窑瓷器，但他苦于漳窑失传，于是致力于恢复漳窑。2008年，他创办漳州古陶瓷工艺研究所，试生产漳窑瓷器。然而，投入数十万元烧制出的千余件瓷器，却无法还原漳窑的原汁原味。

东溪窑一带泥土特有的微量元素，决定了漳窑独特的韵味。为此，林俊砸掉了一千多件瓷器，前往漳窑原产地龙山镇，通过分析古瓷残片色釉的化学成分，采集当地的陶土进行配方实验。一年以后，他终于成功恢复了漳窑传统烧制工艺。烧制出漳州瓷器“古早味”。林俊被评为漳窑传统技艺省级传承人。当年，漳窑工艺入选第三批省级非物质文化遗产保护名录。

一个人，要将一件事情做强做大有一定的难度。但是一个人，明知成功不可预测还一直坚持走下去，这就要具有足够的耐心和坚韧的毅力。这些年来，林俊为东溪窑的挖掘开发和文化传承尽自己最大的力量，这是难能可贵的。因为陶瓷是海上丝绸之路的一个载体，时代变迁，东溪窑从久远的岁月沉淀至今，那么研究和保护这里，也是保护这个重要的文化遗产，所以当地政府，很好地把周边地区打造起来。随着盛世收藏的兴起，作为工艺品赏玩瓷器，东溪窑经历过跌宕起伏的岁月，如今又开始走向复苏之路。

【二】

我们到达窑区的时候，拉坯的窑工正在窑坊里劳作，他们将一片片最初还只是泥坯的瓷石人工敲碎，经过淘洗、沉淀、除渣，一堆堆泥土，在水与火的交融下，最终化成各种各样美丽的瓷器。库房里，几个工艺师专心地在坯胎上描绘纹样，有些细节之处，更需用心描绘。哪怕只是一条线，都不能含糊。慢工出细活，描绘不能用赶忙的心态来做，一件完美的瓷器，需要有好的设计，更需要具备深厚的艺术素养和审美功能。

展示厅的橱窗内，仙女造型的“凌波仙子”，质地清润瓷白，精湛的雕刻透着素净淡雅的美；直口长颈器形似葫芦的瓶子，是观赏的佳品，更是适用于生活的瓷器；栩栩如生的动物摆放其中，让橱窗的风景顿时有了灵动的色彩。生活中常用的茶具，更是令人爱不释手的观赏品，同行者甚至有人想直接买下带回，可惜此地只是展厅，不做物品销售。在传统工艺的基础上，他们尝试将漳州本土文化元素与漳窑工艺相结合，生产出一批接地气的漳窑新品。展厅的瓷器不多，以本土特色的产品居多，晶莹鲜润的釉彩，栩栩如生的造型，闪现着夺目的光芒，给人以视觉和心灵的冲击。

因为珍惜，因为弘扬，每一件都是精品打造，这就是瓷器在人类社会文明中的发展。在初始的时候，人们发现将泥巴晾干后加火一烧就变得坚硬起来，然后可以利用坚硬的泥巴做成各种形状用来当作日常用品。从原始走到今天，瓷不再只是装物品的器具，而是从实用性到观赏性再到艺术性的伟大进程，于是，东溪窑的青花瓷、 青瓷、白瓷、米黄瓷以及五彩瓷等各色瓷器慢慢进入人们的视线，并且站在古典与现代、时尚与艺术并存的前沿。

瓷器的每一个周期每一个环节都严谨制作，一道道流程的运作传承至今，才能确保烧造优质的瓷器。站立在工艺师旁边，看着他们描摹着各种各样的图案，哪怕还只是雏形，却依然能感受到美的传递。东溪窑的复苏，是一个好的开端，赶上了好的时代。我们继承、发

展并开拓着祖辈智慧的结晶。每一件瓷器都是纯手工描绘，不单单是龙山土地上特有的微量元素，还融合了匠人们的心血，东溪窑的每一片瓷都是当之无愧的艺术品。

【三】

东溪窑的古窑址，在龙山镇梧营村的一座大山上，两边的麻竹林把整个山体遮得严严实实。脚下的土，依然时有半埋半裸的碎瓷片闪烁着光滑细腻的色泽，那是东溪窑远久文明的碎片，穿透繁华过后的落寞，守护着脚下的土地，默默叙述着曾经的辉煌。耐得住沧桑岁月，方能有今日蕴秀绚烂的神韵。每一块碎片都铭刻着人们的智慧，闪耀着文明的光芒。

宋元时期，海上丝绸之路已然成为当时中国与世界交流、贸易的重要路径，福建处于中国对外贸易输出的前沿区位，一跃成为中国最主要的外销陶瓷生产地区之一。明清时期，福建陶瓷大批量地运销到“海丝”沿线的国家地区，乃至欧洲、美洲等地。东溪窑是明清时期我国东南沿海地区陶瓷对外贸易的重要实物遗存，随着海上丝绸之路贸易的兴起，其产品远销东亚、东南亚、非洲、欧洲等地，与其他国家有着很密切的经贸往来。可以想象得出，我们脚下的这个窑址在海上丝绸之路的地位。所幸的是，不管岁月如何沉浮，时代如何变迁，搜寻文明印迹的梦没有凋零，人们挖掘东溪窑文化的步伐从未停止。

东溪窑作为海上丝绸之路的一个载体，也是一种文化，同时还是一种产业，需要传承与弘扬。研究和保护东溪窑址，建设海上丝绸之路的基础工作，保护这个重要的文化遗产，在当地政府对东溪窑文化保护和传承高度重视下的今天，更有它的发展前景。时至今日，陶瓷工艺精美、手感细腻的品质深受人们喜爱，陶瓷用品已深入百姓家，更是礼品市场中经久不衰的畅销品。当地政府，正结合海上丝绸之路的国家倡议，进一步促进贸易便利化，通过加强保护弘扬东溪窑文化来推动海上丝绸之路的建设，让东溪窑翠色重现，以此实现海上贸易的发展和繁荣。

东溪窑散记

□ 土楼人

站在南靖县龙山镇梧营村的一座现代钢筋混凝土大桥上，四周青山连峰叠翠，绿水如诗。放眼眺望，一条清澈的九龙江西溪上流从脚下哗哗穿行而过。翘首遥望，前面是一座高大的山，在一条普普通通的公路旁，竖立着一块青石路标，上面镌刻着“东溪头”三个大字。也许，这里曾是一个鸡犬相闻的小山村，溪边一坎一坎的平地上，残留着用青石板铺筑的曲幽小径、民宅的石地基。这些依山而建的房屋建筑遗址，让人唤起乡愁的记忆。

沿着大山新修的一条树林荫蔽的宽敞公路，我们驱车寻访南靖县东溪窑。

南靖东溪窑位于南靖县与华安县交界的龙山镇，永丰溪上游。据专家考证，烧造时间从宋代开始，延续至晚清民国时期。在明代中后期，随着九龙江出海口漳州月港的兴盛，东溪窑的产品从永丰溪启程，沿着九龙江运到月港，行销海内外。

一路上，公路的断层泥土中，裸露

出许多碗、盘、碟、罐等陶瓷碎片，仿佛向我们昭示着这里陶瓷业曾经的辉煌。历经几百年的风雨，东溪窑又从岁月中款款走向人们的视线，残留的墙角，长满青苔的青石板古道，无一不在诉说着时间的故事。抚摸着考古学家挖掘出来的明代珍贵的青花瓷、酱油瓷、绿釉瓷，我们心潮翻滚，激动万分。

拐过一个弯，来到山的半坡，上面矗立着一座新出土的古瓷窑，四周遍布陶瓷碎片，窑坍塌半边，但窑门还在。据当地村民介绍，这就是南靖东溪窑遗址，民国时期，周围一带曾存在二十多座瓷窑。

根据清末杨巽从《漳州什记》载："漳州瓷窑，号东溪者。创始于前明，出品有瓶、炉、盘，各种体式具备。"窑炉皆砖砌，有阶级窑和龙窑两种，产品器形可分为日用形、陈列形和捏塑形，其分布面积广，数量多，民间号称"东溪十八窑群"，以封门坑、碗窑坑等窑炉遗迹和文化层为中心，面积22500平方米。东溪窑没落于清中后期，没落之前，闽南一代流传"有苦竹溪的钱，没东溪窑的富"和"小漳州"之说。

这里，尘封着一部厚厚的东溪窑历史；这里，是漳州的陶瓷之乡；这里，是东溪窑瓷器遗址，见证了明清时期一段大航海传奇……

清康熙年间某日清晨，一阵悦耳的公鸡打鸣声，从隔山那边传来。一缕阳光从东山射出，把封门坑山坡上的几座茅寮照得一片光亮。几位妇女在清澈的山涧水边濯洗衣物，“嘭嘭”的捶衣声，不时打破山谷的沉寂。

三百六十行，行行有行规，行行有自己敬奉的神明，烧窑也不例外。窑炉建在山脊，如一条长龙，向上延伸，在窑炉旁边选个吉位，他们恭恭敬敬地安放“窑公”神位，神龛上贴着大红纸书写的对联：“火中取财宝，窑门出真金。”每逢农历初二和十六，窑主都要祭拜“窑公”和土地神，祈求烧造瓷器质量上乘，行销对路，贸易兴隆。

山坡的一条小路上，两三个壮年男子正在挑土。烧制陶瓷，黏土的质量最为重要，瓷匠先勘探确定高岭土丰富的地方，然后铲除上面的杂草、灌木以及熟化的表土层，之后才开挖取土。取土十分讲究：含铁矿石高的中层土做洁具，下层完全风化的白土制艺术陶瓷。

在闽南一带，东溪窑的烧造技工、帮工习惯上被呼为“小工”，只有“师傅级”才尊为“大工”。“小工”把一担担白土挑到工场练土的池坑上，池坑足有一个房间大，工匠们因地制宜，用竹筒连接水源。挑足土，小工坐在石坎上，掏出烟袋，美美吸上一口烟，随即又轻轻地吐出，烟雾在身前环绕后，变淡，散去。

练土是使土质密实，十分辛苦。山涧水沿着竹筒“哗哗”地注入练土池中，浸透高岭土。小工脱掉草鞋，在池中不停地用锄头翻动、搅拌，用脚踩踏，汗水不时顺着脸颊流淌，他们用手巾擦擦，又继续劳作。如果较大型的窑厂，用土量大，则必须借助水牛或黄牛。牛被蒙上眼睛，一人在前面牵引着不停地绕圈来回踩踏，牛高大体重，省却许多人工，效果又好。直到中午，小工们把练好的白土在池中堆成小山，自己则在竹筒边冲洗手脚的泥巴， 累了的水牛放牧在山边， 美美地享受鲜嫩的野草。

这时，工场里就像一个大舞台，师傅个个有条不紊地忙碌起来了。泥坯不停地转动，在师傅们灵巧的手里，在不停刮削中，器具慢慢成形。他们身边，左边敞口的碗一摞摞，摞到人高；右边平底的盘、碟，摞得像一堵墙；前后边大肚的钵、细高的瓶、小口的罐呀，像陈列展览一样，虽然还没上釉成色，但那玲珑的模样，可爱的造型，依然让人赞赏不已！

磨具印制的师傅们也忙得不亦乐乎：先切出一块合适的土坯，放入模具印制，几经手捏、修补、把弄，一个个没有生命的泥坯都栩栩如生、活灵活现，那慈眉善目的观音，笑眯眯的大肚和尚弥勒佛，憨态可掬的土地公，还有麻姑献寿、刘海戏蟾等。做瓷器是细致活儿，师傅们拿拿捏捏，给茶杯、瓶子、罐子等安上耳朵，一些香炉则安上三只脚。

工场外，一座水车在水槽引水的冲动下，日夜运转，带动水碓工作。那是窑厂炼制釉药的地方，窑匠开采釉矿后，还必须加工捣碎。为节省劳力，减轻繁重的体力劳动，窑工们建起水车炼制釉药，水车碓发出一声声有节奏的沉重撞击声，成为山里一道美丽景观，如

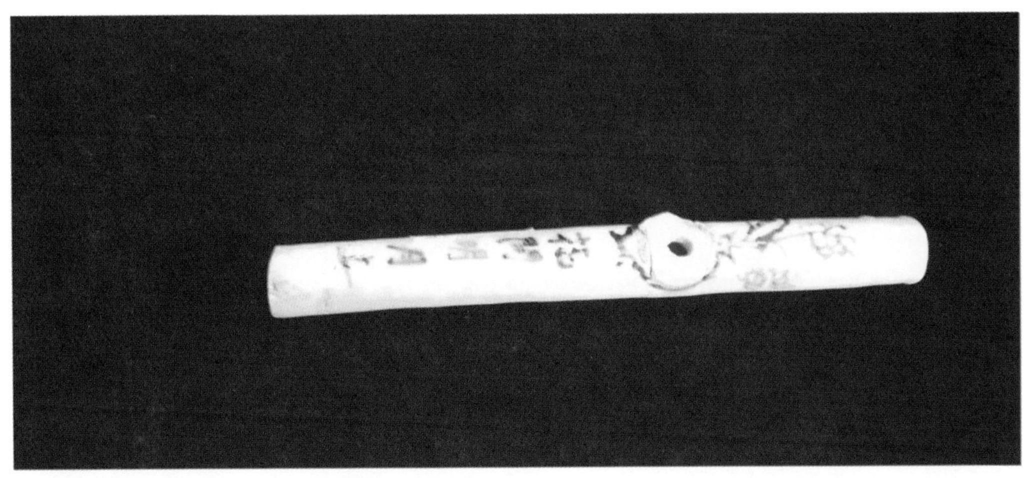

同窑工日夜欢唱的劳动号子！

绘图极有讲究，一般都是图吉利的内容，如在大碗上绘雄鸡图，象征大吉大利；在瓶上绘封侯挂印图，象征吉兆；虎谐音“福”；鱼谐音“余”，象征年年有余，又有鲤鱼跳龙门的好彩头；桃，寓意长寿；鹿谐音“禄”；还有福禄寿三星图、状元拜相图、梅兰菊竹四君子图、喜鹊图等。

上完釉，就等着入窑生火了。入窑生火，事关成败，是重大的事儿，窑主不敢怠慢，早早就请先生选择黄道吉日，置办牲礼，恭恭敬敬祭拜窑公、土地神。洋人，当地人称为“番仔”，所以东溪窑还流行祭拜“番公爷爷”，以图顺顺利利！秽物绕道走，生人勿旁观，妇女及服孝者忌进入，以趋利避害，吉祥生财。

之后，窑门旁放一张小桌子，点一盏长明灯；焚三炷香，请来风火神，大声宣告：“封窑生火！”窑工将点燃的柴薪投进窑门，火焰熊熊燃起，烟囱袅袅升起浓烟。

站立在封门坑上，抚摸着坍塌的古窑，我在解码一段东溪窑的辉煌：一行脚夫，挑着东溪窑生产的瓷器，沿着古道出发；漳州月港，满载“东玉”“东兴”“永和”等字号瓷器的帆船，正扬帆起航……

点击东溪窑

□ 黄荣才

去东溪窑，自然是为了寻瓷。

东溪窑有上东溪和下东溪之分，上东溪窑址主要分布在华安县的高安镇三洋村，下东溪窑址主要分布在南靖县龙山镇的梧营村。我去的是南靖的东溪窑，也就是下东溪。其实上下东溪只相隔一条山沟，它们在历史上属于一个整体，所以无论是南靖还是华安，都叫东溪窑，就是连成一片的窑址，规模约10平方公里，因为分别属于两个县的行政管辖权，而被分开成两部分。在一群文友有关东溪窑的谈论中，我们到了封门坑窑址。2000平方米左右的区域，有生活区、作坊区和窑炉区，穿越竹林，到了古窑址的生活区，当年房子的地基痕迹还在，同行的南靖县文史人员力图用语言还原当年的生活场景，不过岁月已远，没有了鸡鸣狗吠，没有了人声鼎沸，当年的情形只是想象，无法明确，更没有亲切感。有许多东西，未曾置身其中，是很难在脑海中建构起来的。但堆放在地表上的条石，还有留存雕刻的

门拱等石器，依然可以清晰地让我们感受到当年的生活气息。

我们到了半山腰的作坊区和窑炉区，依然只是痕迹的留存，但这遗存的重要意义在于这是当年东南沿海对外贸易的重要实物遗存，让我们不仅仅是在字里行间想象。作坊区是一格一格，我们在山坡上，穿越时光般想象当年的工人在这里忙碌，搬动，拉坯，起身，坐下，他们的忙碌为了生活。他们不可能想象到，几百年后，有一群一群的人以膜拜或者探究的心态走进他们曾经生活的地方，甚至他们无暇赞赏的竹林也会成为感慨的对象。窑炉还在，我们看的是横室阶级窑，已经被覆盖保护了，陪同人员热忱地掀开覆盖物一角，让我们可以看到部分窑炉，砖砌而成，虽然有的脱落，但大部分存在。就是所有的覆盖物都掀开，我们能看到的也仅仅是历史的一角，时光已经把许多东西覆盖了，无法掀开。抚摸着窑炉的墙壁，热度没有了，但突起的窑汗，抚摸之下，那是一种留存。这可是窑炉生产时高温留下的一个个印记，如今可以随意抚摸，当年可是热浪扑人。我蹲了下来，渴望倾听瓷器的声音和当年木柴燃烧噼噼啪啪的声响，尽管我知道这是一种徒然，但我依然愿意尝试，或者，只有蹲下，才更能接近一点历史。想象从明朝中晚期开始直到晚清民国时期，就是在这样的窑炉里，一批批的瓷器出产，被挑到山下，顺着永丰溪到了九龙江西溪，到了月港，然后漂洋出海。一群人嘻嘻哈哈地在窑炉边上合影，以此证明我曾经来过，其实，要真正走进去，谈何容易。

东溪窑出产的瓷器，主要以青花瓷为主，这与平和的南胜、五寨窑址差不多。南胜窑址还出产素三彩，尤其是田坑窑，素三彩的种类繁多。而并非官窑的东溪窑，还有青瓷、白瓷、黑釉瓷及五彩瓷等，白瓷中的米黄釉是“漳窑”的杰出代表作，器形以日用生活器为主，纹饰有洞石花卉、缠枝菊花、山水、寒江独钓等，这些纹饰更有亲民的感觉。东溪窑是漳州窑的重要组成部分，漳州窑是漳州对明清时期漳州地区窑业的总称，分布在平和、漳浦、南靖、云霄、诏安、华安等地，以平和的南胜、五寨窑址最为集中和具代表性。南胜古窑址和东溪窑窑址成为海丝申遗的重要申报点，也成为漳州在海上丝绸之路的重要路标，因为南胜窑和东溪窑，漳州在海上丝绸之路就不再是一个看客。在历史上，清光绪十二年（1886）郭柏苍《闽产录异卷一·货属》，“漳窑出漳州，明中叶始制白釉米色器，其纹如冰裂。旧漳琢器虽不及德化，然犹可玩，惟退火处略黝，越数年，黝处又复洁净；近制者，釉水胎地俱松。”清末杨巽从《漳州什记》载：“漳州瓷窑，号东溪者。创始于前明，出品有瓶、炉、盘，各种体式具备。”《闽书》记载：“漳窑在龙溪东溪。”引用这些，是为了证明漳窑的历史脉络。白瓷中的米黄釉是“漳窑”的杰出代表作，就像一群奔跑的运动员，谁跑得快谁就能引人注目。而米黄釉因为原材料高岭土富含铁元素而拥有别于其他的特质。

在封门坑窑址，还有瓷土矿洞，长了青苔和杂草的洞口，隐约诉说的是远离。无论是时光还是距离，唯有淡出，才有荒凉。许多东西就是如此，当东溪窑的窑火熄灭之后，属于一个时期的东西就开始淡出，就像永丰溪的渡船头码头。从半山腰的窑炉出发，不到一公里的距离，就是渡船头码头。穿过蜜柚园和竹林，我看到的仅仅是一条小溪流，船没有了，码头没有了，只有故事，只有传说。瓷器烧制出来后，从窑里手提肩挑，到了码头，装船，顺河而下，越走越远，站在溪流边的人，看到的是财富，是饭菜的香味，是日子的希望。因为大量的高岭土，因为顺畅的河流，因为丰富的木柴，才有了东溪窑的兴盛。窑火灭了，河流也淤积了，自然也就没有了码头，没有在溪流边张望或者挥手的人。当年是一种产品，一种商品，如今成为一种展品，一种记忆，而有多少记忆在岁月里流失，没有谁说得清楚。

当试图勾起记忆的时候，到了现代的漳窑工艺基地。基地负责人是林俊，这是个漳州本土的收藏家，经过反复试验，他成功恢复了漳窑传统烧制工艺。林俊曾经在平和创办克拉克瓷生产基地，后来把基地搬到南靖龙山。在他的基地里，可以实地感受漳窑瓷器的生产流程，舂土已经不是依靠人力或者水力

带动，更不是屈指可数的几个工作台，数十个木槌在电力带动下轰轰作响，把高岭土敲细舂熟，成为细细的粉末状。有个把工人用铁锹在铲土，虽然是冬天，但他们依然满身大汗，有个工人还光着上身，在挥汗劳作。突然就想起窑汗，在窑炉里触摸到窑汗的冰冷，这时候就有了热度。旁边，精炼之后的泥浆，在工作台上缓慢地堆高，纵横的条条线线，让整堆泥浆有了生命，类似于一个变形的卡通形象，蹲守在路口，笑迎客来。

展示厅内，不同的漳窑产品和图片以及文字，可以让人比较清晰地了解东溪窑瓷器的前世今生，但我更愿意走在山岭，走在那些遗存，或者就蹲在窑室。展厅里只是展品，类似于模特，虽然靓丽但冷冰冰的，在窑址里，记忆就是立体的，鲜活的。尽管依然有缺憾，可因为站在那块土地之上，有了山风，有了流水，可以触摸，即使同样是记忆，也就马上有了距离远近之分。抚摸着从作坊区捡拾到的一块小小瓷片，那种温润的感觉在指尖回旋，临走之前，便把那块瓷片留在原地，或许，这小小的瓷片，可能类似于登堂入室的钥匙，可以让一些人触摸到东溪窑的真实。回头张望，忽然有一种实在感，恰如点击了东溪窑，留下一点声响，因为来过，东溪窑就不再仅仅是个文字组合，而是一道风景。

驰笔东溪

□ 庄火旺

东溪是南靖县的一条重要河流，发源于华安县高安镇大山深处，主要河段在南靖县境内，与永丰溪汇合后注入九龙江西溪。从南靖县的地形图上看，东溪就像一条长龙游走在南靖东北部的大地上。

我和朋友曾多次驱车沿着东溪旁的公路行进，欣赏这里秀丽的山水风光。东溪两岸群山连绵，中上游以高山为主，奇峰耸立，溪谷幽深。山上林木茂盛，溪边竹林青翠。下游地势平缓，小山丘众多。山丘上下各种作物生机勃勃，车子经过村落时，可见古民居和现代建筑交相辉映，村落与周围的青山绿树十分协调。一路上，山风吹拂，浓郁的山野气息沁人心脾。

东溪水量丰富，水质清澈。光脚走在松软细碎的沙滩上，脚底凉爽舒适，感觉惬意。走近流水边，水花晶莹剔透，水中色彩斑斓的鹅卵石和游来游去的溪鱼清晰可见。顺着水流望去，不远处水面宽阔，碧绿的水面倒映着两岸的青山绿树，形成一幅优美的山水画。置身于此，亲近自然山水的美好感觉油然而生。

东溪沿线有许多古码头遗址，如“司前码”“大码头”“深渡码头”等。据《南靖县志》记载，东溪古时候水量比现在要大得多，木船载货从中上游可直达月港（今龙海海澄）出海口，水运发达促进码头兴起，码头兴起又带动周边村落和集市繁荣。站在古码头遗址的石阶上，我的眼前仿佛再现当年东溪河上舟楫往来、渔歌唱晚的

情景。东溪河虽然早已失去了它的航运作用，但是，历史的车轮总是滚滚向前，如今，东溪流域内外已经实现了交通现代化，水泥公路四通八达，高速公路穿境而过，乘坐动车方便快捷，经济发展驶上快车道。

每次到东溪，我都要去东溪窑走走看看。东溪流域矿产资源丰富，尤其是制作陶瓷用的高岭土储量巨大，加上林木茂盛，水运发达，为发展陶瓷业奠定了坚实基础。据考古挖掘证实，早在新石器时代，这里就有人从事陶器制作。特别从明代中期至民国初期的四百多年间，东溪窑经历了兴起、发展和鼎盛时期。东溪窑窑品兼具实用性和观赏性，工艺水平极高，产品除内销外，明清时期还作为贡品，更多的则通过海上丝绸之路销往东南亚地区。东溪窑以其规模大、窑品多、窑场集中而成为“漳窑”的典型代表，也是当时福建的重要窑口之一。

有一次，我们在龙山镇梧营村看过窑址后，梧营村一位友人的父亲给我们讲了一个故事。相传明代万历年间，村中有个叫吴佚的人，制陶技艺远近闻名。有一年，皇帝下旨要他制作一批陶罐进献朝廷，吴佚接到任务后不敢怠慢，为确保质量，他叫人去远处的大山挖洞，取里面最好的土。制坯过程，吴佚亲自督工，经过一番忙碌，18座窑终于封窑。点火时，窑场上空突然绚丽多彩，18只凤凰不知从哪儿飞来，在窑场上空盘旋一圈后又都飞走，大伙看得目瞪口呆，惊讶之余，认为这是吉祥征兆。果然，第一窑开启后，陶罐还未上釉表面就光可鉴人，什么颜色映上去就呈现什么颜色，非常神奇，大伙都称它“绕变瓷”。然而，吴佚并没因此而高兴，他想，这是朝廷贡品，下次万一做不出这么好的东西，皇帝怪罪下来，欺君之罪可是要杀头的呀。经过深思熟虑，吴佚决定把陶罐通通埋掉，重新制作。后来，村里有人从窑场里捡到一些旧罐，拿回家腌咸菜，咸菜居然放置很长时间不变质、不腐烂。

友人的父亲还讲述了一些有关东溪窑制作方法和烧窑习俗的民间故事，听过故事，我们对东溪窑有了更多了解和认识。中国是文明古国，古文化辉煌灿烂，要热爱古文化，保护古文化，传承古文化。近年来，国家大力推动海上丝绸之路申报世界文化遗产，曾经作为海上丝绸之路重要窑址群之一的东溪窑，也加入“申遗”行动中。随着“申遗”步伐不断推进，会有更多的窑址和有关的文化项目呈现在世人面前。

每次从东溪回来，我都在想，如今，南靖已有了土楼“世遗”，到时再有东溪窑“世遗”，那么，南靖全域旅游的春天将会更加绚丽多彩。

乡梦的釉质和釉色

□ 老皮

偶然的一次机会，我走进了漳窑，走进了南靖东溪窑。

说实话，我对漳州瓷器的了解不是太多，在去南靖东溪窑遗址之前，我只知道克拉克瓷。克拉克瓷涵盖了漳州窑生产的青花、五彩、单色釉、素三彩等瓷器品种。漳州窑是对明清时期漳州窑业的总称，包含平和南胜窑、五寨窑、南靖东溪窑等许多著名的窑址。

我相信每一种地域文化的传承，都有一种美的存在，漳州瓷器的大美，即是一种绮丽或绝色。中国是世界著名的陶瓷古国，瓷器更是中国伟大的发明创造，甚至，瓷器曾经是中国的象征。据考古发现，我国先民在8000年前的新石器时代便开始烧制陶器，而瓷器则是在陶器生产的基础上发明创造的。我国的瓷器，从科学意义上推断，应该开始于商代，成熟于东汉，但在这之前，从陶器到瓷器，经历了很长的过渡阶段。大约在商代中期，出现了一种带青色釉的陶器，它的烧成温度达1200度，这就是原始青瓷。春秋时期，原始青瓷的质量有了明显提高，到东汉烧造的青瓷，其

胎料成分、釉质釉色、烧成温度、透明性等各个方面都跟近代瓷差不多了，青瓷从此成了人们生活的日用品。隋唐时期青瓷进一步发展，许多地方都有烧造，至宋代，青瓷发展到了高峰，窑炉大加改进，技艺上也有长足进步。到了明代初期，漳州窑开始绽放异彩。

瓷器的美是直观的，但我在南靖东溪窑古窑址上看到更多的，却是岁月沉淀之后的沧桑。那些古旧物件散发出的气息，像是被时光封存的味道，有一种久违的亲切感。

东溪，一个很美的词，一个地域的名字。南靖东溪窑是我国闽南地区明清时期的一处大规模外销瓷窑场，是海上丝绸之路中国史迹的重要组成部分。根据对南靖东溪窑遗址的考古发掘，现已发掘出多个窑炉区、作坊区和生活区，窑址分布面积广，数量多，规模大，集中在南靖县龙山镇的东溪流域，并有一部分延伸至毗邻的华安县境内的高安镇。窑炉以阶梯式龙窑为主，产品则以青花瓷为主，还有青瓷、白瓷、酱黑釉、蓝釉以及五彩瓷等，其中白瓷系列里的米黄釉，为漳窑的研究提供了重要实物依据。

米黄釉属于白釉瓷的范畴，釉呈米黄色，表面分布冰裂纹，胎体厚重朴拙，器物造型具有豪放粗犷的气派，器表施以厚薄适宜的米色白釉，富有典雅神韵。其装饰技法，多仿效青铜器作风，器身常刻画云雷纹、回纹及蕉叶纹或梅花纹等。一直以来，米黄釉被奉为漳窑器中的珍品，除了工艺精美、古朴高雅，其实并没有华贵的色彩用来装饰，而造型端庄、线条优美、晶莹如脂才是展露其艺术魅力所在。尤其是漳窑的米黄釉，普遍开冰裂纹，所以，“白釉米色器，其纹如冰裂”即是漳窑最显著的特征。

站在南靖东溪窑的遗址上，我内心突然有一种莫名的激动。周围的景致很美，青翠欲滴，我同时也相信了，任何少有人烟的地方，都可以单纯美丽得如同世外桃源。一阵微风拂过，竹林里叶子随风摇曳，犹如一场集体的狂欢，又仿佛瓷器烧制后出窑时冰裂的脆响。

冰裂，通常又称为开片。造成瓷器开片的因素，原本是因为配方与烧制方法不当，膨胀系数差异过大所造成的釉面裂纹，实际上是一种缺陷，后来却被制瓷工匠巧妙地作为装饰纹，而且效果奇特，精美绝伦，浑然天成，妙趣横生。这种人为的开片，即是在浆胎制作过程中，按照不同的材料加以调配，使烧制出窑的瓷器，刻意造成独特的釉面裂纹。

冰裂釉最大的特点在于多层次的立体结构裂纹，裂片自然层叠，最多可达十余层，造成犹如玫瑰花瓣般的层面，加上釉色的变化，让人爱不释手。只是冰裂瓷的烧成工艺极其复杂艰难，尤其是对于火候的控制，有极高的要求，当地人用“三年出一个状元，十年出一个窑火师”来形容对窑火的把握之难。这窑火里的一切，由时间来上色、淬炼，却需要技艺来成型。由于烧制技术含量极高，加上成品率极低，自清末民初东溪窑断烧以来，漳窑烧制技艺逐渐断代失传。

其实，当消逝的技艺成为我们时代的乡愁，那样的痛点是不言而喻的。在南靖东溪窑遗址，当我把所谓的乡愁和现代性焦虑安放于内心进行一番考量之后，陷入了短暂的冥想状态。我开始想象当年东溪窑冰裂米黄釉烧成出窑的情景：窑门徐徐拉开，可听见窑内噼噼啪啪响成一片，取出一件瓷品，可能不见任何裂纹痕迹，随着一声声清脆的炸裂声，令人惊奇的现象出现了，就像在暗房冲洗照片的显影效果一样，似万花筒花卉的奇异冰裂纹渐渐显现，令人无尽惊喜。

据当地文化部门的专家介绍，到了明朝中后期，随着漳州月港繁荣，南靖东溪窑迎来了瓷器生产和对外贸易的高峰期，是漳窑最大的窑口，也是我国东南沿海重要的外销瓷产地之一，被称为“小漳州”。最繁荣时，这里活跃着数万人，出品的瓷器远销到东亚、东南亚、欧洲、非洲、美洲。

距离东溪窑遗址不到一里地的渡船头，曾是东溪窑参与海上贸易的起点。当时，东溪窑出品的瓷器汇聚于此，统一由小型运输船载运，顺永丰溪而下，进入九龙江，在月港转换大型木制帆船运输，漂洋过番，远销海外。穿过竹林，我们找到了古老的河运码头，但河道已经严重缩水，成为一条被山林掩藏的小溪流。

碧水倒影，往日一派浓郁的生活劳作场景，无从寻觅；盛况早已不再，只留下被岁月侵蚀着的斑驳遗址，仿佛印象派大师笔下的风景。然而，水碓、矿洞和作坊等瓷器生产遗迹，依旧集中地反映了南靖东溪流域悠久灿烂的陶瓷文化。在我的想象中，东溪窑即是一个乡村的梦工场，这里的瓷工都是掌握了炼金术的时光魔术师，一个个曾经烈焰熊熊的窑包，都是诞生乡村梦想和奇迹的摇篮。

梦想和技艺的生与灭，是自古以来就有的。社会变迁，势必要使一些东西消失，又使一些东西出现，这是历史发展的必然规律。但是，物质或非物质的文化传承，也必然是一种文明的憧憬。放在今天的现代工业产品面前，漳窑瓷器釉色依旧是那么莹润和纯正，牵动我们的，则是内心潜在的梦想、诗和音乐。

有梦想，就会有追梦者。漳州收藏家、中华传统工艺美术大师林俊，从上世纪80年代开始收藏研究漳窑瓷器，他发现由于缺乏相关的学术研究，存世的很多漳窑瓷精品都未得到相应的重视。漳窑传统烧制技艺的消逝所带来的怅惘和隐痛，进一步激发了林俊追逐乡梦的虔诚。1997年，林俊关停自家的钢管家具厂，专心研究漳窑。四年过后，他将研究成果结集出版《漳窑瓷器鉴赏》一书。从2002年开始，他通过分析古瓷残片、釉的化学成分，从漳窑瓷釉的玻化程度、成型工艺、烧成曲线等方面进行断代研究。2008年，他创办漳州古陶瓷工艺研究所，实验研制漳窑传统烧制技艺，然而，投入数十万元烧制出了千余件瓷器，却仍无法还原。

经历了无数次失败之后，终于，功夫不负有心人，林俊最终发现南靖东溪窑一带泥土特有的微量元素，决定了漳窑独特的韵味。为此，他砸掉千余件瓷器，前往漳窑原产地龙山镇，采集当地的陶土进行配方实验。2009年初，林俊终于成功恢复了失传已久的漳窑传统烧制技艺，并成功烧制出一批漳窑瓷器。当年6月，漳窑传统制作技艺成功入选第三批省级非物质文化遗产保护名录。

窑烟重燃，是林俊圆梦的期待。为了保护传承漳窑传统烧制技艺，2011年4月，林俊投资600万元在龙山镇创办漳窑瓷业发展有限公司，建起七十多亩的漳窑烧制基地。在漳窑烧制基地，林俊告诉我们："在传统工艺基础上，我们尝试将漳州本土文化元素与漳窑工艺相结合，生产出一批又一批接地气的漳窑新品。"

乡梦，从来经久不灭，纵是流转千年，依旧憧憬不断。追溯漳窑，追溯东溪窑的历史、发展及其内涵，我们可以看到，所有的一切都与乡梦息息相关。每一个细节，每一个乡梦的釉质和釉色，都寄托了人们朴素的情感。

可以肯定的是，在南靖东溪窑，薪火相传不只是一个美丽的传说，虽然时间总会冲淡一些东西，但在视力和光影的聚焦点上，乡梦的釉质和釉色永远艳丽而妩媚。我与漳窑的美丽邂逅，也留下了美好的回忆。瓷器的纯净，就像可望不可及的恋情，每一个乡梦的釉质和釉色，也让我对于那些内心憧憬的事物，心生敬意。

自远古而来的窑瓷情怀

□ 朱向青

面对一个长颈宽口、色泽土黄的釉陶大尊，我总会陷入无边无际的遐想之中。早在三四千年前，漳州先民生活繁衍在这块美丽富饶的土地上，大海簇拥着远古的大山，大山里冒出了袅袅炊烟。他们以洞穴为庐，垒石为炉，钻木取火，咕咕烧开的水泡，干净柔软的茅草，挂在穴壁上的石矛与长戈，还有浓烈的酒香，流溢于原始古朴的画面上。男人捕鱼或捕食鸟兽蛇虫，劳作归来，女人在屋里织布忙碌。红泥炉炭上，涌动的火苗恬静地舔着粗拙的釉陶器皿，里面盛装着跳跃着的，鲜活滚烫。

这是我一直向往的漳州远古先民的生活情状。

2001年的一天，漳州市龙文区朝阳镇虎林山遗址挖掘现场，一个个色泽土黄或黝黑的釉陶从泥土中“冒”了出来。那些陶尊，古朴厚实，是几千年前先祖们生活面貌的珍贵遗存。陶器是人类在原始社会中无言而忠实的伴侣，饮水、烧煮以及祭祀时，都会得到它的奉献，感受到它所传递过来的火的温暖和泥土质朴清新的气息。大量的陶瓷文物的出现，丰富且延伸了我想象中漳州先民的生活情状，我曾想，人类生活精致与文明，当以陶瓷的出现为标志，因为，陶瓷的出现意味着古代先民开始有了畜牧业的起源、食物结构的觉醒以及生态环境的变化等。如果说，古代盛世有不同的繁丽场景，那么千百水碓、漫野窑烟的雄浑场景，就应该算是盛世画面中的一种。

面对虎林山遗址发掘出的这个长颈宽口的釉陶大尊，不由萌生了一个清晰的疑问：究竟是从哪个朝代开始，漳州地区出现了窑炉作坊遍布村落的盛景？大量传世的漳窑白釉米色器，又是在漳

州哪个窑场烧制?

于是，我们开启了一场与陶瓷有关的寻史觅趣之旅。

我们随着考古学家的脚步，从漳州南靖县龙山镇西山村村部出发，沿永丰溪自南向北溯源而上。傍水而建的县道高龙线，连接着华安县高安镇与南靖县龙山镇，公路的一边是陡峭的山壁，一边是深河谷。时光倒流到一百多年前，两地分布着大量依溪而建的古窑厂。有人说，永丰溪东侧的山头就是窑址遍布的龙山镇封门坑，那儿是著名的东溪窑中心窑场之一。

初冬的一天，风和日丽，天气绝佳，我们行进在前往封门坑窑场的山上。一路翠竹遮蔽天日，竹林把整个山体遮得严严实实，蜿蜒的阶路没入竹林深处，上面覆盖厚厚的落叶和泥土。人踪罕至，山路略显清寂，谁能知道，这一片茂密的竹林掩藏了窑场，也掩藏了窑场的久远的秘密。顺着一条小道上山，在第二个拐角处，我们来到了封门坑1号窑炉。面前都是砖砌的窑炉，有阶级窑和龙窑两种，窑炉西侧一座向北凸起的小山包，则是与窑炉配套的作坊区。据说，封门坑遗址已陆续发掘出矿洞、作坊、窑炉、居住等遗迹，窑烟曾经在这里袅袅升起，成形的瓷器坯体就此送往窑炉，经受约1000摄氏度的高温煅烧才出炉成品。遥想当年，泥坯林立，工匠如织，那是何等忙碌和红火的画面！漳州先民竟能借助火的威力，让泥土在璀璨的火焰里融化成舞蹈般的精灵，烈火与泥土的交融竟能升华涅槃成千古浩叹的艺术精品！

在我和同伴的惊叹声中，同行的工作人员适时介绍南靖东溪窑制瓷的悠久历史。2015年1月，封门坑进行首次挖掘，发现十余处古窑址，位于南靖县金山镇荆都村的碗窑坑遗址，将东溪窑制瓷年代推前至宋朝。4个月后，来自故宫博物院、福建博物院等的文博专家，实地考察了东溪窑封门坑窑址，尘封已久沉寂多年的南靖东溪窑，揭开了神秘的面纱。

我们穿梭在封门坑窑场的窑炉和作坊区中，偶尔发现地上或土里破碎的一两片蓝白或米色的瓷器碎片，都是一阵赞叹。小心挑开落叶和附着的泥土，握在手里，反复摩挲，恍惚间回到了大宋盛唐。而周围残存的红砖、青砖砌筑的窑址，旁边树林里鸟儿的浅吟低唱，都在不时提醒我们：这是昔日的大型窑厂，窑炉、作坊区、堆积层，就这样构成了一幅幅神奇、古朴的景观。

人类无法拒绝瓷的诱惑，它的千姿百态令人目眩神迷，无论是帝王将相抑或平民百姓，对瓷同样尊崇挚爱，我们忍不住要去看看它的完整模样。离开封门坑窑场，我们来到位于龙山镇的漳窑瓷业发展有限公司，了解林俊毅然在龙山镇落户烧制漳州瓷器的不解情缘。林俊引领我们到三楼的陈设柜，如数家珍。他说，东溪窑一带泥土特有的微量元素，决定了漳窑独特的韵味。发掘过程中采集到的瓷器标本达两千多件，具有明代民窑特征的瓷器标本就有三百多件，产品以青花瓷为主，还有青瓷、白瓷、酱黑釉、蓝釉以及五彩瓷，大多为盘、碗、罐、杯、碟、瓶等生活用品。细看陈列柜中的瓷器很多都是素面无纹，一些装饰也极为简练，仅在器壁饰一道或两组弦纹，使视线产生一种简明的节奏感，不由慨叹我们的祖先面对自然时，那种单纯和虔诚，似乎就藏在这些稚拙质朴的图案和简洁有力的线条中。一个个陶瓷看似粗拙，却又像一个个生命体，蕴藏着灵动，像春天新发芽的枝条，像山间潺潺流动的溪水，像天上飘渺翔舞的云片，像走出古诗古画跳跃奔跑着的秀发垂髫的孩童……我们自然而然会联想到远古至今，闽南百姓在这块美丽富饶土地上生生不息劳动、繁衍、思考、歌唱的情景。

眼前出现一尊米黄釉披巾观音立像。只见观音头披风帽，帽下梳螺髻，脸庞圆润，面相柔美，双目微敛下视。身着长衫，衣纹流畅，洒丽飘逸，赤足站立于祥云宝座上，既是“救诸苦难”的神的化身，又透露着强烈的人情味与亲切感。再看胎质洁白细腻，釉色白中闪黄，开着细碎冰裂纹，造像呈色上下不同，观音釉色洁净，而底座略黝，妙如天成，别有意趣。林俊先生说，人物雕塑是漳窑白釉米色器中水平和成就较高的陈设品，目前发现的作品有释迦、罗汉、财神、关公、观音、麻姑、侍女、弥勒等人物造像，更富有观赏性，符合明清文人士族和地方缙绅阶层的审美意识。它们风韵别致，实用、美观与艺术相结合，显然有别于漳州地区其他窑口的产品，也因其“白釉米色器，其

纹如冰裂”成了“漳窑”不同于“漳州窑”的一个独有的概念和显著特征。

灵思与巧手共舞，每一个陶瓷的成形可以说都是人类“手脚脑并用”的经典。我们的祖先把粗陋的陶器提升为精美的瓷器，把瓷器从器物上升为艺术。站在一系列熠熠夺目的作品前，我不由默默滋生出对先民的智慧和往古社会文明的崇敬。瓷器也折服了世界各地的人们，有趣的是，在英语中，中国和陶瓷这两个词的拼写和读音是一样的。也许在外国人看来，如果用什么代表中国的话，那就是瓷器。明朝中后期，随着漳州月港繁荣，东溪窑也迎来瓷器生产和对外贸易的高峰期，那时东溪窑被称为“小漳州”，出品的瓷器源源不断被运往距封门坑八百多米处的渡船头码头，搭乘运输船，顺永丰溪而下，进入九龙江，在月港换乘大型木制帆船，漂洋过番。据说与郑和同为下西洋庞大船队的首席正使王景弘，也盛赞“东溪窑”青花瓷质量优良，收购了一大批，随船运到海外。原来，漳州瓷器里隐藏着一个令人震惊的大航海时代！

只可惜到了清末，随着漳州月港逐渐被厦门港取代，加上战乱等原因，东溪窑逐渐断烧，窑烟袅袅的盛况不再，窑场逐渐被深山林木掩盖，漳窑工艺也一度断代失传。“一定要找回传统文化，恢复漳窑传统制作工艺。”离开漳窑时，回想林俊温和而坚定的话语，仿佛看到蔚蓝的大海上，一艘艘轮船满载着一批批将漳州本土文化元素与漳窑工艺相结合而生产的漳窑新品，在海风的吹拂下驶向世界各地。

东溪窑的歌唱

□ 叶子

2017年1月7号，是我和东溪窑美丽邂逅的日子。东溪窑展览馆里的美直击人心：弥勒佛笑口常开、观音慈眉善目，动物纹类龙飞凤舞、双狮抢珠、麒麟回首、鸳鸯戏水、云鹤冲天等皆赏心悦目，花卉云纹梅兰竹菊随意皆美，天地之谐、万物之序尽在其中。我在一个圆鼎前面驻足，米黄色的细腻光泽，三足鼎立，简单的云纹图饰，浑然天成简朴大方。另一边的展柜上，有两个抓髻童子一左一右背负一个大圆果，笑容天真浪漫。品读东溪瓷，那些细腻的光泽、优美的线条，可以澄清心灵，摒弃浮躁，褪除名利，走向绵长悠远的禅境，让人情不自禁惊叹：东溪瓷通灵，东溪瓷为美而生！东溪瓷的美和东方女性的温柔细腻内敛有着天然的一脉相通。她宁静脱俗的气质，使我想到生活中需要时时呵护的任何一种美的事物——防止失手将它打碎，要经常拭去它身上的尘埃，唯有如此才能永远释放出冰清玉洁般的光辉。看着东溪瓷，你可以听到她的歌唱：追求物之恬适、佛之超脱、道之宁静、禅之淡然……

生产东溪瓷的南靖县封门坑遗址近年来才揭开神秘的面纱。一开始，考古学家受“东溪窑”名字迷惑，一直在长泰东溪一带寻找，后来由于偶然的机缘才发现原来久负盛名的东溪窑是在南靖，之所以被湮没，是因为地处偏僻，易迷失在历史云烟深处。东溪窑一带山岭耸峙，河流纵横交错，高岭土储量大，生产瓷器条件得天独厚，它的招牌名片是具有米黄釉与冰裂纹特色的漳窑。我们采风一行人穿过幽幽翠竹，来到这个昔日窑烟袅袅升起的地方。我们先参观了1号窑炉，古窑只剩下半人多高的残垣断墙，我惊喜地看到了一些细细的、碎碎的漳窑残片，这些历史的碎片一直漫延到时间的深处，它记载了曾经的历史物象，带我回到漳窑的鼎盛时光。放眼望去，漫山遍野都是一号坑这样的横室阶级窑，可以想象这座山曾经盛满了熊熊的窑火，窑工们一边干活一边吼着山歌，时不时讲一些荤色的笑话以打发烧窑的辛劳。窑炉西侧的一座向北凸起的小山包，则是与窑炉配套的作坊区。在这里，成形的瓷器坯体，被送往窑炉。合格的瓷器，被运往山下的渡船头码头。渡船头位于距封门坑八百多米处的河运码头，但如今这里成为不见天日的山间小溪，溪中石头密布，只剩下瘦瘦的溪水。当时，东溪窑出品的瓷器汇聚于此，统一搭乘运输船，顺永丰溪而下，进入九龙江，在月港换乘大型木制帆船，漂洋过海，远销到东亚、东南亚、欧洲、非洲、美洲等地。

美的事物总是在漫漫历史长河中寻找它的传承人，漳州瓷选中了林俊先生。我看到的林先生身穿一双黑布鞋，慈祥的脸庞，他的气质与漳窑是相通的。如果西装革履，恐怕难以与大山的气质相吻合，唯有亲近泥土，泥土才会向人敞开它的秘密，你才能把握泥土的精髓。人的一生其实是一个寻找意义的过程，而林俊先生就寻找到了属于自己的独特的意义——抢救制作工艺失传将近四百年的漳州瓷。林总既是一位收藏家，又是一位寻找者，更是一位美的创造者。年近60的林总，从20世纪80年代就开始收藏漳窑瓷器。1997年，林总关停了自家的钢管家具厂，潜心分析古瓷残片釉的化学成分，改进漳窑生产工艺。在南靖县政府的关心支持下，2008年林总创办漳州古陶瓷工艺研究所，试生产漳窑瓷器。然而，投入数十万元烧制出的千余件瓷器，却无法还原漳窑的原汁原味。他从失败中发现了东溪窑一带泥土特有的微量元素决定了漳窑独特的韵味。为此，林俊先生砸掉了一千多件瓷器，前往漳窑原产地龙山镇，采集当地的陶土进行配方实验。一年以后，他终于成功恢复了漳窑传统烧制工艺，并一举入选第三批省级非物质文化遗产保护名录。重燃昔日窑烟，林总希望漳窑可以在市场上走得更远，他在传统工艺基础上，尝试着将漳州本土文化元素与漳窑工艺相结合，生产出一批接地气的漳窑新品。林俊先生的瓷作尤其擅长人物塑像：领袖人物、开漳圣王、三平祖师、阿里山神、凌波仙子、敦煌仕女等无不惟妙惟肖，栩栩如生，成为海内外人士竞相收藏的珍品。十几年下来，漳窑深深地镶嵌进了林俊先生的生命里。

瓷器的事业是寂寞的，也是伟大的。林俊先生业务繁忙，为推广南靖东溪窑，他四处呼吁，并在漳州人民剧场附近办了一个公益性的东溪窑展厅。他东奔西走，很少回到工地，而工地上的那条义犬见了他极为亲热，仿佛知道他是这里的核心人物，只要他一出现，义犬就寸步不离地跟随着，一人一犬默默守护着这份深山里的事业。山里有独特的矿土资源，这是大自然慷慨的馈赠。林总的工地、作坊实现了从采矿、练泥、拉坯、装饰上釉、成品等一条龙服务。第一道工序是将高岭土碎化、细化。工地上采用了半自动半人工的方式，三排自动化碓子整齐排列，摁动开关，碓子就会反复打磨坑里的高岭土，碎化的高岭土溢出坑外。只见那个贵州来的年轻工人不断地将碎化后的高岭土铲成一堆，又将新的待打磨细化的粗粝的高岭土铲进坑里。正值冬天，贵州小伙子却赤着上身，光着脚，汗水从他的脸上不断滑落，脸膛上都是闪光的汗渍。据说，工人月工资七八千元，因为这是一份艰苦的活儿。没有这些闪耀的汗水，就没有那些美丽的米黄瓷。尊重泥土，细心呵护泥土，泥土才会获得艺术的情感与生命。

细化后的瓷土进入蓄土池里，还有高空架起的管道，用于流通兑过水的去

粗取精的瓷土，用来烧窑的瓷土此时已经过四道工序的精心打磨。林总说，精心打磨过的瓷土分子结构是三角形的，这样更有利于胶着，比起常规的圆模制出来的圆形土分子更有制瓷的优势。从碓土、入池化浆、搅拌过筛、储泥浆、压滤粗炼到陈腐精炼成为可塑性泥料，高岭土发生了一系列的蝶变。如果真正要烧出好瓷，那么瓷土最好放上两年以上，经过长时间的发酵，泥土内部发生了神秘的变化，就如母亲孕育孩子，你猜不出孩子的模样。烧窑大概需要七天时间，在一千度的高温之下，瓷土正在浴火涅槃，你猜测着成品的模样，就如一个父亲猜测着新生婴儿的模样。每一件器物在窑内所放的位置的不同，受到的热度不同，产生的窑变效果也不同。同时，它成瓷时对窑外的气候十分敏感，阴晴冷暖、风雨霜雪、春夏秋冬，都有可能影响成瓷的效果。窑变是一段肉眼看不到的神秘的变化过程，而且在停火降温中，瓷器还随着温度的冷却进行着几度变化。东溪瓷经历了窑变的神奇之美、壮烈之美、蝶变之美……漳窑在燃烧，窑火在歌唱，于是在神奇的窑变中诞生了漳瓷的艺术精灵。窑变神秘莫测，火助天成，像火中泼墨，似炉中晕染，阴阳造化，在莫测的变数和创造中，把艺术大师生命的才情、意识的灵动、想象的空间都融进了瓷器之中。她历经千锤百炼的陶冶，而后注入了人类的灵魂，从而获得了涅槃与新生；经圣火熊熊的洗礼，达到大彻大悟的坦然，以心血浇开艺术之花。东溪瓷正是由于经过了圣火的炼狱，得到了灵魂的回归和升华，所以才达到了宠辱不惊的旷达和超然。人，应该向东溪窑学习，像东溪窑一样歌唱，在创造中变化，在创造中歌唱。

漳窑传奇

□ 蔡刚华

有一种瓷，你只有接近它，才能感同身受地理解它的低调内敛，也才能读懂米黄釉的姿色魅力。它从闽南这块山涧里轻盈地走来，带着质朴与简洁，却有着一种由内而外的华贵，虽只是落落大方纯色调，却有着无法比拟的绚丽。这是我对淡出瓷界许久的“漳窑”最真诚的表达。

凡是去过它的出生地的人，都对那里的山水、那里曾经发生过的故事情有独钟。站在南靖与华安两县交界的东溪窑山谷里，耳边仿佛回荡着《青花瓷》歌词里所唱的思念和不舍的情韵。的确，当年从这里出发漂洋过海的白釉米色器，真的“去了我去不了的地方”，可如今，东溪窑已是“海丝”申遗的重要遗产点。

东溪窑所在地村民在山上砍柴时，无意中发现草丛中躺着一件精美的米黄色瓷器，拨开茂密的茅草，又发现更多散落的瓷器残片……发现者把收集到的瓷器和方位上报，根椐上报的瓷器样式和方位，一拨拨来自漳州、福州、北京的专家到了窑火熄灭近百年的古窑址，进行寻址、勘察与采样。因为这一发现，再次掀起中国古陶瓷界对“漳窑”产地的关注。在古玩界所说的“漳窑”，专指被国内外瓷器收藏家认定的

中国一代名瓷白釉米色瓷器，并不是窑址或地域之名。

早在20世纪50年代，北京故宫在整理皇家收藏的瓷器中，就发现数件精美的“漳窑”瓷器，根据《福建通志》中“漳窑出漳州”和《闽书》“漳窑在龙溪东溪”等记载，派出古陶瓷专家耿宝昌等来到龙溪专区，与当地文化部门组成联合调查组在漳州范围内找寻“东溪窑”。由于受“东溪”两字地理方位的影响，误把郭坑的“东溪”作为寻址的主要方向，结果一无所获。一直以来，寻找“漳窑”遗址成为陶瓷文物界悬而未决的大事，如果东溪窑址能被定性，这将了却陶瓷收藏界对白釉米色器“漳窑”身世界定的疑团，于是，1986年福建全省文物大普查正式将此事纳入日程，福建省文博研究员、陶瓷专家栗建安在南靖与华安交接处的东溪头找到了烧造青花瓷的大窑场，虽没有找到漳窑米色器的标本，但提出漳窑在华安、南靖交界的高安东溪头的猜测，并在第二次全国文物普查时登记在册。

中国一代名瓷——漳窑（白釉米色器），釉面普遍开冰裂细纹，纵横交错、曼妙天成的浅细丝纹游离于浅黄色的釉面，这种独特的釉色宛如触之不及的朦胧，又似羞涩中略带婉约的花开无意境地，恰是青花里苏麻离青所无法勾勒的，虽没有青花瓷绽放出的绚烂与瑰丽，但却有低调奢华里自顾自的美丽。

漳窑与青花瓷这两种瓷质有着截然不同的诗意表达，一个是本色表演，一个是粉墨登场，恰如同一剧本的不同剧种演绎，或是柔美惬意，或是铿锵大气。米色器的“漳窑”是素面，是古拙，呈现的是柔美线条，成就的是无言格调。

东溪窑为何躲过近百年时间的众人追寻，直到20世纪80年代初才被当地的村民发现？答案不难理解，因为两县交界，连绵数十里的葱茏绿浪，茂密的树林，崎岖的山路，几乎阻断了关注它们的人。正是这般的人迹罕至，林海深处也才收藏了这片窑场的秘密。

漳窑烧制主要是使用横室阶级窑，装烧工艺以匣钵、垫圈为主，支钉为辅。烧成温度绝大多数是中温，极少数胎质精细的是高温。后期产品以烧造青花为主，兼烧青釉、白釉、青白釉、色釉和少量三彩、五彩瓷器，产品类型繁多，以器物的性质分类，有陈设供器、日常生活器皿、文房珍玩三大类。明末清初，“漳窑”正值壮年盛世，出厂后的瓷器顺归德溪、永丰溪而下，经九龙江西溪、北溪载至月港，再沿着海上“丝绸之路”外销到日本及南洋、欧美各国。

走在东溪窑遗址，落叶枯枝间常有数片青花乍现，红土里偶露着匣钵残件。这些与那场盛况有关的细节，都在于无声处讲述着昨日的辉煌。在一大片广袤的山林间，每一次踩下，松软的堆积层下总发出清脆的瓷碎声，那一声声的噼啪作响，都是一次次生命的呼唤，呼唤着东溪窑的重归，呼唤着漳窑的再世。

于是一个人出现了，他叫林俊。在漳州收藏界，特别是古陶瓷的收藏上，林俊是无人不晓的人物。20世纪80年代初，林俊就开始收藏漳窑。那时，他凭的只是对这种米黄色瓷器与产地漳州的热爱，且有一种对升值潜力的敏感。经过多年的潜心收集，单“漳窑”精品，林俊收藏就选近300件，其中不少是博物馆级的文物。

1950年出生的林俊，今年已67岁，但在位于南靖县龙山的漳窑瓷业发展有限公司，看到的林俊却依然富有生机和活力，特别是谈到他钟爱一生的“漳窑”时。

瓷艺工作室内，可以完整地看到传

统的制瓷工艺程序，工人们有条不紊地揉泥、拉坯、修坯、描色、上釉……为了确保“漳窑” 的生产条件符合当年“东溪窑”的硬件环境，林俊在与东溪窑同个山脉的工厂，按考古挖掘出的原址比例，缩小并再造了“东溪窑”柴火窑炉。采用横室阶级窑，一样的烟道布局，一样的柴火热烧、一样的投放方式，漳窑生产环境传承有序。

收藏漳窑、鉴赏漳窑、传播漳窑、再造漳窑，就是林俊这三十多年执着的事。他对细开片米色器“漳窑”产生了特别的热爱，尽管当时还没有“漳窑”这样的学术词语，但具有素色外美、拙朴造型、冰裂细纹这些特质的米色器皿，让林俊爱不释手并追执一生。1997年，林俊卖掉经营10年、效益不错的钢管家具厂，从老板变成“工人”，自费到德化、景德镇拜师学艺、从头学起。同时，他还当“学生”，游学于全国各地博物馆，比照各博物馆漳窑纪年款藏品，从漳窑瓷釉的玻化程度、成型工艺、烧成形态等方面进行断代研究。此外，林俊还带上自己的藏品资料登门向专家学者讨教，并从自己的漳窑藏品中挑选出一部分满意器物，按时代先后和器物类型分类整理。2001年，林俊自费出版《漳窑瓷器鉴赏》，不仅展示他倾尽财力保护和收藏下来的精美漳窑瓷器，也有他对漳窑的研究和解析。北京故宫博物院耿宝昌先生为之作序，故宫专家王莉英、冯小奇等参与指导。一个只有初中文化水平的人独自完成了这项事关漳州陶瓷文化的浩大工程。他在书的后记中说：“为了让更多的人认识漳窑、关注漳窑，让它从历史的重帷后走出，再现昔日辉煌，本着不断探索和抛砖引玉的目的编撰此书。”正是为了更好地宣传漳窑，林俊于2000年捐给漳州市博物馆40件漳窑藏品，2002年又将80件漳窑珍品捐献给中国农业博物馆。

在研究漳窑文化的同时，林俊还将重点放在恢复失传已久的漳窑传统生产工艺上。从2002年开始，通过对漳窑原产地东溪窑进行考察，并采集窑址附近的瓷土进行配方实验，经过一年多的调整，2009年初，林俊终于将漳窑的传统生产工艺恢复，并成功烧制出一批漳窑产品。当年6月，漳窑传统制作技艺成功入选福建省第三批非物质文化遗产名录。

2014年4月，林俊在南靖县龙山镇投资600万元创办漳窑瓷业发展有限公司，建立70亩的漳窑烧制基地。漳窑，这个从中国瓷器制造大家庭中失散了一百多年的游子终于回归了。

千呼万唤始出来的漳窑正迈着轻盈的脚步向我们走来，带着一股漫不经心的从容和清朗飘逸，有着不一般的温柔可融……用它执一盏茶，细品，茶水在那片米黄中温香玉软，用它塑一尊渡海观音，燃一炷香，但见波光粼粼。

社会发展至今，窑器一直受人们喜爱，各阶层的人都趋向使用窑器，于是

市场上也出现窑器的普及。无论从造型、釉色、纹饰都追求天然完美。而早些年间的窑，正是创造了前所未有的时代样式，至今仍有许多造型作为典范，为后世追慕效仿。

在现代社会，深具历史价值，且具有个性化、趣味化的东溪窑以其独特的语言——朴拙、坚固、耐腐的材质之美，丰富的釉色之美，多变的工艺之美，烧结的窑变之美而成为生活空间中的新宠儿。

一件件漳窑，既可以点缀生活，又可以把玩欣赏，让人们感受到岁月的轮回变迁，而且也具有收藏价值。

初秋的海丝古窑址

□ 蔡小燕

今年初秋，和文友相约去探访东溪窑遗址。

东溪窑主要分布在南靖与华安两县的交界处，分上东溪和下东溪。上东溪窑址主要分布在今华安县高安镇三洋村东溪头；下东溪窑址主要分布在南靖县龙山镇梧营村、西山村。上、下东溪只相隔一条山沟，历史上它们同属一个整体。2016年7月12日，南靖、华安两地东溪窑遗址、平和南胜窑遗址正式列入“海上丝绸之路：中国史迹”首批申遗名单。东溪窑这个深藏地下，尘封数百年，跨越元、明、清、民国的遗址，终于在世人千寻万访中徐徐地掀开她神秘的面纱。

我们的车子进入龙山镇梧营村，沿着山路蜿蜒前行，最后停在一座山脚下的路边。放眼四周，群山重叠、树木茂盛，荒无人迹。如果不是有人介绍，你完全无法想象这里曾经是明清时期福建省著名的窑场之一，也是我国东南沿海地区重要的外销瓷产地之一，世界名瓷漳窑白釉米色瓷器的产地。如此偏僻、如此寂寥的地方，我正心生纳闷，同行的文友手指远方连绵的翠绿群山说，你现在目光所及的地方，曾经是繁华、热闹的村落，民房林立，各种商铺应有尽有、集市热闹不已，庙宇香火鼎盛。于是我极力远眺，想寻得一丝几百年前时光遗落下来的繁荣景象，可惜，看到的依然只是群山，感到的只有山中吹来的徐徐凉风。也许，正是得益于人迹罕至、群山重叠、树木茂盛的掩藏，东溪窑遗址才得以完整保存至今吧。

南靖东溪窑属宋至民国年间瓷窑遗址，为漳窑遗址。窑址分布面积广，数量多，规模约10万平方米，在许多窑址中发现大量堆积层，不少标本被考古界视为漳窑典型特征的器物。它的崛起和兴盛有特殊的历史原因。明代中后期，景德镇御窑开始实行“官搭民烧”制度，使各地民窑得到生存和发展的空间，东南沿海的漳州地区，则因为海外市场的需求、民间走私的活跃和月港的兴起，直接刺激了陶瓷生产的迅速崛起，南靖东溪窑生产因此得以兴盛并达到顶峰。因为东溪窑山岭耸峙，群山重叠，河流纵横交错；地貌以山地丘陵为主，原生植被群落十分茂密；矿产资源丰富，高岭土储量大，石英分布普遍，硅含量在97%以上，杂质少；水资源丰富，窑址邻溪或山涧而建；水路运输便利，东溪自东北向西南流入永丰溪，顺永丰溪而下九龙江西溪，直达漳州月港。在距离窑址约800米处，当地人称为“渡船头”的东溪下游，河面宽阔，水深流缓，曾是南靖东溪窑产品水上运输的起点站。这些优越条件使南靖东溪窑从宋代开窑始烧，烧造时间长达八百多年。

南靖东溪窑烧造的产品以青花瓷为主，还有青瓷、白瓷、酱黑釉、蓝釉以及五彩瓷等，其中漳窑白釉米色器是漳州窑最典型的器物，被列为世界名瓷，目前被许多博物馆收藏。器物品种分为日用品、陈列器和捏塑类，日用器有碗、盘、盅、杯、盒、勺、匙、壶、水注、鼻烟壶、绣墩等；陈列器有炉、瓶、灯台、笔筒及人物佛像；捏塑类有人物、十二生肖、瓜果鱼禽等。

明代嘉靖至万历时期，东溪窑进入鼎盛阶段，开始以烧造外销瓷器为主流，大量的青花日用瓷从此以绝对优势压倒了其他漳州窑产品。明万历后期至崇祯年间，月港衰败，漳州窑产量有所下降，部分小窑场甚至歇业停产。到了清康熙二十三年，清朝统一台湾后，康熙帝谕令“开海贸易”，在厦门正式设关，漳州地区陶瓷生产进入全盛时期。东溪窑在康乾时期达到瓷产业第二高峰。他们使用较为先进的阶级式龙窑，大大提高了烧量和生产效率，工艺水平趋向精细发展，青花产品胎白质坚，钴料呈色鲜艳青翠，器物品种异常丰富，在生产规模上，东溪窑已列为漳州窑之首。清代晚期，特别是鸦片战争后，西方列强纷纷入侵中国，大量的工艺产品涌入，对我国传统手工艺造成很大影响，海外瓷器市场的需求日渐减少，南靖东溪窑产品逐渐失去了市场。

在感慨和感叹之间，我们已从下车处拐进林区作业便道来到封门坑窑址。封门坑窑址是南靖东溪窑代表性窑址，位于龙山镇西山村北面约10公里处，与华安县高安镇三洋村接壤。站在窑址远望，四周是高山和茂密的树林，高（高安）龙（龙山）公路在崇山峻岭间顺永丰溪支流，从窑址西侧山脚蜿蜒穿过。南侧山脚有一条小溪，长年水流不断，南靖东溪林场管理处即位于山脚小溪北侧。封门坑窑址共发掘面积1020平方米，发掘出有相互叠压打破关系的窑炉4座，作坊遗迹1处，居住遗迹1处，此外还发现了高岭土的取土坑洞。据介绍，从窑址、产品数量、作坊与居住区建筑遗迹的规模以及等级判断，封门坑窑址应该是明清时期东溪窑的一处中心窑场。

我们到时，电视台正在采访福建博物院考古所原所长、文博研究员栗建安先生。旁听中得知，东溪窑的发现有重要的收获与意义。以南靖东溪窑址为代表的贸易输出品史迹，是明中叶后期经海上丝绸之路出口外销瓷的重要产地，烧制的产品为广泛销售东西洋的出口贸易品。产品丰富，工艺精美，集中反映了漳州地区瓷器的艺术特征，是闽南地区瓷器烧制技艺的卓越代表。同时这些瓷器经月港输出海外，流传很广，远销东南亚、日本、欧洲甚至非洲一带。近年来沉船出水数量众多、品类丰富的瓷器，如“泰兴号”沉船上的瓷器，都与东溪窑的产品相同，这些充分证实了漳州地区瓷器工艺通过海上丝绸之路贸易在海外的传播与影响。南靖东溪窑是中国陶瓷文化重要的组成部分，其窑业技

术在中国陶瓷技术的对外传播与交流中占有一席之地，

瓷器，多么雅致而又富有中国特色的传统手工艺成果，当年它在国外是何等受人珍爱。明永乐年间，航海家郑和下西洋，带去大量的瓷器、丝绸、茶叶等物品，青花瓷就以其清新秀丽、娇翠欲滴、青白相映、幽靓雅致而著称于世，深受喜爱。欧洲上层贵族收藏中国青花瓷成了一种风潮，包括教皇、君主、公爵、侯爵等都把中国青花瓷作为贵重物品加以珍藏，只有重要的宴会上才会拿出来象征性地使用，以此来炫耀自己的财富和地位。有些贵族还把中国青花瓷作为嫁妆。1660年英国查理二世与葡萄牙王室联姻，葡萄牙公主带了青花瓷作为嫁妆，可见他们都被当时青花瓷的艺术魅力深深吸引。嘉靖、万历时期，葡萄牙首都里斯本和比利时著名港口安特卫普成为欧洲出售中国瓷器的中心，葡萄牙王室还设有专门陈列中国瓷器的展室。葡萄牙人热衷贩卖中国青花瓷，引起欧洲各国对青花瓷的极大需求，此后荷兰、英国、西班牙人也疯狂加入贩运中国瓷器的行列。正是因为漳州窑青花瓷在16世纪下半叶至17世纪上半叶在国际市场上备受欢迎，供不应求，才导致漳州窑最大生产中心东溪窑的迅猛发展。

此时此刻，站在南靖东溪窑遗址中心地，从内心深处产生出自豪和骄傲。眼前恍惚现出千百水碓、万野窑烟的烧窑盛景，当窑炉燃起熊熊炉火时，东溪窑的上空被映得红彤彤一片。当烧制好的产品出炉后，窑工们担运着来到“渡船头”，从这里顺永丰溪而下九龙江西溪，直达漳州月港，而后出海行销国外。这些装饰着中国传统纹样、充满浓郁东方时尚风格的瓷器，一走出国门就被世界各国视为珍品。

是的，多么美好。我们脚下踩着的大片土地就藏着博大精深的瓷艺术秘密，虽然遗址无法恢复旧时光的辉煌与盛景，但窑址、航线遗址及沉船资料都印证了东溪窑参与月港为中心的明末清初全球贸易兴起以及清代中期以来厦门港为中心的南海贸易繁盛的进程，是我国古代海洋文化遗产的重要内容。它浓墨重彩的历史功绩时光掩藏不了，如今，传承和发展灿烂的海丝文化，已摆上政府的重要议程，我们相信也期待不久的将来，东溪窑海上丝绸之路将重新熠熠生辉，带给我们的不仅是精神上的享受，还有物质上的营养。

临走，我们从封门坑窑址捡拾了些碎瓷片，这些碎瓷片底部隐约可见“东玉”“东兴”“永和”等东溪窑特有的商号。这样吉祥的文字，是古人对美好生活自由向往的思想表达，又表示每家窑场自己的产品符号，相当于现在的商标。我们小心翼翼地收好，各自带回家去，以作念想。

东溪窑寻梦记

□ 吴常青

东溪有梦，海丝辉煌。据历史记载，明代中后期，漳州月港海外贸易兴盛，带动九龙江流域制瓷业的发展。明正德《漳州府志》记载："白瓷器出漳平永福里，黑瓷器出南靖河头，青瓷器出南靖县金山。"清光绪郭柏苍《闽产录异》有："漳窑出漳州，明中叶始制白釉米色器。"清末民初杨巽从《漳州什记》载："漳州瓷窑，号东溪者。创始于前明，出品有瓶、炉、盘，各种体式具备。"明朝后期，厦门港取代月港后，东溪窑虽沉入低谷，但依然窑烟不断，一直延续到了清末民初。东溪窑充满美梦的光环，是明清时期漳窑最大的窑口，也是我国东南沿海重要的外销瓷产地之一，被称为"小漳州"，出品的瓷器远销到东亚、东南亚、欧洲、非洲、美洲。

东溪窑烧造时间长，产品类型丰富，主要以烧造青花为主，兼烧青瓷、白瓷、青白瓷、米黄瓷、酱釉瓷，另外还有少量三彩、五彩瓷，品种有观音、弥勒等菩萨和花瓶、香炉、笔筒等器皿，是福建省最早烧造青花的窑址之一，其器物精美，造型古拙，具有较高的艺术价值，为明清文人的珍玩之物，也被国内各大博物馆珍藏。尽管东溪窑并非官窑，但其产品以质优而列为贡品，选送朝廷。东溪窑瓷片闪闪，可曾经声名远播的漳窑盛名不再，漳窑传统制作技艺传承人林俊却固执地想重温旧梦，他从20世纪80年代就开始收藏漳窑瓷器 。“一定要找回传统文化，恢复漳窑传统制作工艺”，2008年，他创办漳州古陶瓷工艺研究所，试生产漳窑瓷器。“东溪窑一带泥土特有的微量元素，决定了漳窑独特的韵味”，一年以后，他终于成功恢复了漳窑传统烧制工艺，漳窑工艺入选第三批省级非物质文化遗产保护名录。如今，南靖东溪窑被列为“海丝”申遗重要组成部分。

听到太多东溪窑的故事，我们慕名而来，像一批追梦者。

从南靖县龙山镇西山村村部出发，沿永丰溪自南向北溯源而上，傍水而修的县道高龙线，连接着华安县高安镇与南靖县龙山镇，如果时光倒流到一百多年前，这里分布着大量依溪而建的古窑厂。沿溪东侧山头就是窑址遍布的封门坑，有窑炉、作坊区、生活区、瓷土矿洞等完整的瓷器生产体系，由于尚未大面积挖掘开发与保护，在现场游览颇令人感慨家园荒芜，古宅址、老窑址，在废弃的山脚下，毫无光彩可言。大山深处，曾经有过的繁华景象，只有掀开遮蔽老窑址的帆布，才会惊讶一整排、一整堆的窑坑、窑炉，闪亮着历史的仪仗队气势。据说，合格的瓷器，被运往山下距封门坑八百多米处的渡船头码头，汇聚于运输船，顺永丰溪而下，进入九龙江，在月港换乘大型木制帆船，远销海外。穿过大片竹林与香蕉林，只见一条清浅的山间小溪，古老的河运码头难觅踪迹。历史长镜头早已空荡荡，我们

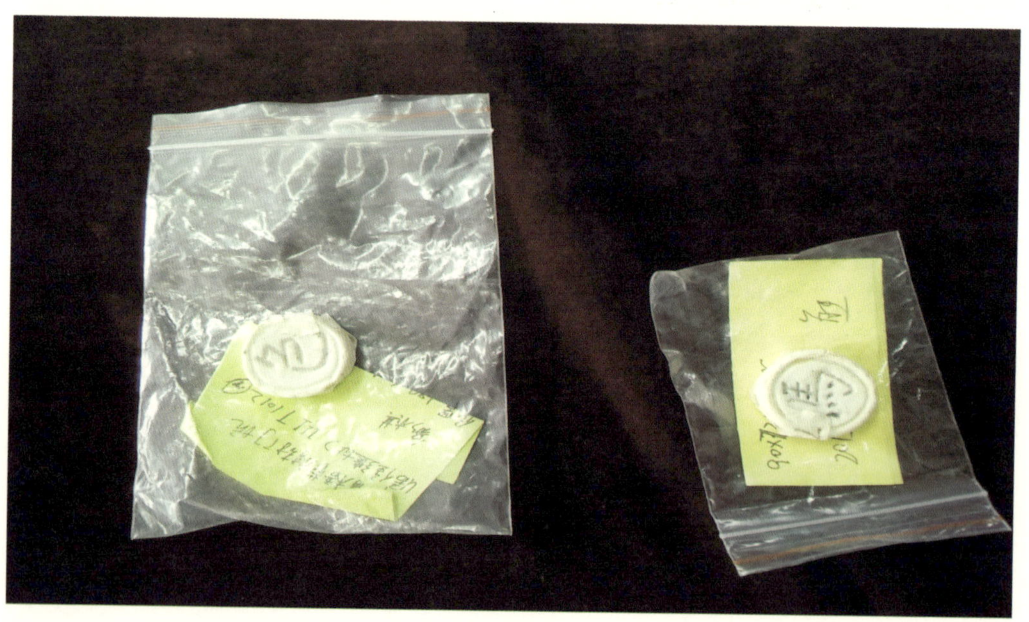

只能想象补充，几个男的不怕脚酸疼，弯身寻找埋没在田野上的破碎瓷片，渴望能够有意外出现在我们的视野里，但是一切都不出乎意料。

我们在窑坑拍照留念之后，就选择去林俊先生的陶瓷厂参观。练泥，制造土坯，是最重要的基础环节，在门口远远就看到大型机械淘洗流沙，沙雕随意变形，充满梦幻般的神奇。进入生产制作区，看到好几排木马在不停地打桩，这是将高岭土、瓷石经过磨洗、除杂糅匀后，调和成用于制作瓷器的瓷泥。我靠近现场一个年轻工人，他赤裸上身，双足也赤裸，大滴的汗水冒出铜色的皮肤，手握铁锹，非常卖力，进行单调无味的黄泥搬运，让我看到昔日东溪窑老百姓辛苦的身影。东溪窑是民窑，应该大多是家庭作坊，古宅址建筑在窑址附近，生产的艰辛可想而知。东溪窑，承载着多少家庭的美好生活梦想。

在产品展示楼，我们欣赏到瓷器雕刻师傅的现场手艺“表演”。一个中年模样的师傅，在雕琢“马上有钱”雕像，一丝不苟的神情，让我肃然起敬。还没有上楼，还没有认识漳窑传统制作技艺传承人林俊先生，我便对这里的人们充满好感。关于林俊先生，百度人物介绍他是中华传统工艺大师、福建省工艺美术大师、中国文物学会会员、中国古陶瓷学会会员、中国文物修复委员会会员、福建克拉克瓷艺发展有限公司董事长，从事中国古陶瓷的收藏、研究、制作30载，长期致力于“汝窑”及“漳州窑”技艺恢复、研究、传承、推广工作，著有《漳窑瓷器鉴赏》《汝窑遗珍》二书，所收藏的闽南漳窑古瓷系列和北宋汝窑瓷器标本系列名扬海内外，得到中外古瓷专家充分肯定。作为“南澳一号”古沉船中发现的漳窑传统制作工艺唯一传承人，目前正全力配合“海上丝绸之路”申报世界文化遗产工作，共接待来访中外嘉宾近万人次，接受中央、省、市级媒体专题采访和报道近百次。

林俊先生是一个默默守护漳窑文化、热爱漳窑古瓷的窑者。我早听说，2008年5月，林俊发起成立漳州市民间古瓷工艺研究所，担任所长，不久便在平和文峰镇创办漳州窑克拉克瓷研究基地，一步步摸索失传数百年、近乎绝迹的克拉克瓷烧制工艺。他进行克拉克瓷的复制还原、恢复烧窑制作工艺等研究，在分析几百块残器的成分后，成功做出一份与明代民窑相仿的胎釉配方。之后，他又追寻南靖东溪窑而来。2009年，林俊通过对漳窑原产地之一的龙山镇古窑址进行考察，采集了窑址附近的陶土进行配方实验，再经过一年多的配方调整，将漳窑的传统生产工艺恢复。当年6月，漳窑传统制作技艺成功入选第三批福建省非物质文化遗产名录。林俊先生在靠近东溪窑遗址的地方投资建厂，成为东溪窑的“梦想剧场”导演之一。他创建的漳窑瓷业发展有限公司已拥有70亩的漳窑烧制基地，建设纯古法工艺陶瓷生产线，专门生产礼品瓷和艺术瓷，并辅以建设陶瓷体验区、漳窑陶瓷文化展示馆和陶瓷工艺大师创作室。林俊先生的创业史，俨然就是漳窑文化复兴之路，直至今日，早已过“知天命”“耳顺”的年纪，却依然保持对古陶瓷的热爱和梦想。在三楼展示厅，林俊先生侃侃而谈，把漳窑、漳州窑、东溪窑的各种定义与故事逐一道来，让我们连呼“长知识啦！”林俊大师根据古老传统工艺创作的系列捏塑类产品，已经成为南靖东溪窑“海丝”文明的新特产，头发越来越白了，但是他追梦漳窑，执瓷之手，与瓷偕老，让多少慕名而来的人们称赞不已。

瓷器里隐藏着大航海时代的“漳州辉煌梦”，这是热爱东溪窑文化的人们对历史文明的感叹。东溪窑将成为“海丝世遗”的文化代表之一，再次鼓舞人们对“漳州梦”的追寻，从地方政府部门，到民间工艺大师，乃至与此关联的各行业，东溪窑、漳窑越来越受到追捧，未来将会有多少的奇迹发生，人们充满了信心与期待。

东溪窑，闽南另类兵马俑

□ 许少梅

到南靖如果不看东溪窑，我想不能完全算是到过南靖。南靖除了世界文化遗产——土楼和闻名海内外的兰花外，东溪窑又算是另一个不错的看点。东溪窑的发现和挖掘是闽南陶瓷文化辉煌和鼎盛的历史见证，既是漳州窑考古研究的重要依据，也是陶瓷文化界的活化石，更是闽南“另类文化的兵马俑”。

陶瓷文化在中国源远流长，文化精湛，内容丰富，品种繁多。漳州是陶瓷文化重要产地之一，特别在明清时期，漳州月港兴起，漳州窑的瓷器成为重要的出口产品，其独特的文化韵味和艺术魅力蜚声海内外。东溪窑是漳州窑其中的一种，主要分布在南靖和华安两县交界处，由于发现和挖掘时间晚，被称为陶瓷文化界近年来的“黑马”。

坐落在龙山镇西山村的东溪窑封门

坑，满山遍野郁郁葱葱。竹子绿得醉人，竹叶随风舞动，发出沙沙的声响，轻柔又有动感。像是在开会商量大事，又似情人在悄悄说情话，还会轻轻拂面，柔柔的，痒痒的，骚动着好奇心，用特殊的方式热烈地欢迎我们。

封门坑的山并不高，群山绿竹溪流，很是柔美，土质又好，难怪是烧窑的好地方，再加上溪流环绕，着实有田园乡野气息，很让人着迷入味。作坊区里的烧窑区就在封门坑的半山腰上，很是辉煌。已经挖掘出来的窑洞平时都会被一块长长大大的塑料薄膜覆盖着，只有在“大兵团”要来参观时才会掀开，因为掀开的时间和工程量都会很大，所以一般都要提前预约才有缘“相见”。掀开的窑洞，不管是从上往下，还是从下往上看，气势都很辉煌庞大，如此场景让人如同看到西安的兵马俑，感到惊叹和震撼。炉门、炉膛连排而上，整齐有序，绵延不断，呈横室阶梯窑由下往上延伸，四排，每排有9间。炉膛至今还保存干净，炉壁上方有白色乳状硬块痕迹，白色硬块质地非常坚硬又透亮，即使敲打也纹丝不动，仔细一辨认，像是烧窑时用的木材燃烧留下的。更让人欣喜的，是在窑洞旁的路上随处可见黑色焦炭，这是烧窑时留下的，却在这路面上触手可及，让人无法相信这是经历过几百年风风雨雨还依然如此清晰存在

的东西，好像跟几百年前发生的故事完全无法连接在一起，更像是昨天工作现场刚刚丢弃的，或是从来都没有人来惊扰过。据了解，现在只有两个窑洞被挖掘，其他还有18个窑群上百个窑洞，而像这样的窑洞只是其中一个窑群里的一个坑而已。我在想，假如有那么一天，将18个窑群里的所有窑洞一起掀开，那将会是一个什么情景？会不会给世人再次惊叹，就像看到秦代的“兵马俑”一样目瞪口呆！

作坊区在窑洞的下侧，由一些石头围成的圆形池子组成，沿山坡高低错落有序。假如有水的话，我想它更像四川黄龙五彩池的缩水版，那样的漂亮、神奇，可惜这里没水，也不是五彩池，石头垒起的池子相对比较单调，但却不缺乏古朴、韵味。窑品烧制所使用的高黏土要有牛在上面踩踏、水洗、过滗、沉淀等很多工序形成后才能使用，当时发现挖掘时，池内竟然残留两米多高的高黏土。高黏土的取土洞在这座山的顶峰，洞口不大，可洞却不小，很深，有许多挖了一半的高黏土在洞内，还有成千上万的蝙蝠盘踞在洞壁上，黑压压的，一动不动，像一支保护窑群的大军潜伏在内，随时等待命令，准备出发和攻击。

据海丝·东溪窑文化研究会副会长蔡建南和西山村村民郭武虎介绍，南靖的东溪窑是漳州窑目前保存最完整、内涵最丰富、最具欣赏性的窑群，除窑品外，居住区、作坊区、烧窑区、取土洞等都一一具备，一一呈现。东溪水将窑洞的生活区、作业区和取土区分为左右两边，动静分明，而生活区更是让人叫绝。生活区在溪流的右边，离溪流很近，背靠大山，取水生活都方便，又很安全、稳固。从现有挖掘出来的残留地基来看，主体是一个多功能的闽南四合院，有中堂（公厅）、主房、东西厢房、护厝、卫生间等，这种建筑风格在早期是有钱人盖的大厝。中堂称大厅，即闽南常有的公厅，是家族商量大事或一起庆祝聚餐的地方，有的会摆放祖先灵位。大厅两边是东西主房，两侧是护厝，中间庭院也宽，然而在这个闽南四合院的结构中，却看不到常规前院的痕迹。院内墙体由杂石块垒成，房后靠山坡的地方特别稳固，到现在也丝毫不损。房间的地面由长方形青砖铺成，地面依然平整无凹凸感，可见地基打得实在，用料讲究。这种四合院大厝的格局在漳州比较少见，泉州地区居多，虽少了前院的存在，但护厝的间数却比泉州常规四合院多，面积广大，说明这家人口多，实力强。院四周有围墙，围墙由溪石砌成，宽大约75厘米，院大门由约两米宽的石门框组成，门框上面的石柱上左右两边对称刻着两朵花，像莲花，又像是祥云，虽是在山野，却也还很精致。大门的门槛也是石板垒成的石阶，约三层，门口的护卫——“石敢当”还在。现场让人感觉生活气息尚存，在护厝后边有个深黑色的大缸，大缸嵌入土中一半，出土的部分已经没有，根据位置和功能，我在想，这也许是早期比较固定的马桶即现在的卫生间吧。

位置挑选合理，布局结构完美，生活设施讲究，我寻思着，几百年前这到底是一个怎么样的窑主？为何选择此地烧窑而居呢？可惜所留的资料太少了，到现在都无法查到窑主身份、何方人士，但愿在后期考古中能得到满意的答案。

这庞大而又神秘的生活区，让我想起漳州窑另一品种的另一个产地——克拉克瓷的平和，而生产克拉克瓷的五寨乡寨河村有一个被外人称为“古罗马斗兽场”的无名楼。这是一个带着极其神秘色彩的土楼，外圆内方，外三层，内四层，结构奇特，楼门窄小，无署名。虽在偏僻宁静的小山村，却造得像战场城堡般，楼里楼外机关重重，防御精致，有护城河围着，出入要走吊桥。它有很多与东溪窑相同的神奇之处：同为漳州窑的产地，周边同样布满漳州窑的残留物和信息，甚至楼内墙体沙石都有漳州窑的碎片，还有相同的石门框雕花，同样找不到楼名，同样消失得神秘匆忙、干净无踪。我想，不同的两个乡镇，相距有点远，但都是漳州窑的产地，出现许多不同和相同的东西，不知他们是否都是由同一个地方而来的窑工或是某皇族后裔的逃难人，是否来源于同一处，有着相同的故事和背景？

四合院的围墙外边，还有几间残留的房屋痕迹，既与四合院相邻，又与四合院分开，从内外有别的位置来看，应该是工人或下人住的房间吧。

点点滴滴的残留，点点滴滴的相连，余温颇高，这一切让人感觉既远又近，他们仿佛就在昨天，就在现在。他们到底是从何而来，又到哪里去？为何如烟云般消失呢？看着远去消失的文化和先族，我心中颇多不忍，或痛，或醉，或遗憾。几百年前的文化，几百年前的精粹，难道只能成为遗址来观赏吗？就这样没了？消失了？溪水依然潺流，历史的码头依然还在，可已经没有了渡船和昔日的人来车往，只有九龙江永丰支流潺潺的水声和两岸绿树，还在流淌，还在等待，等待着奇迹的再见，等待着文化的回流。

在福建省漳窑瓷器发展有限公司的研究基地上，我们再次看到了辉煌和惊叹，看到了希望和文化的复兴以及民族的强大。从东溪窑出土的盘、碗、碟、杯、钵、盒、罐、炉、瓶、器盖等许多精美窑品，还有研究基地新研发出来的东溪窑产品，不管是出土的瓷器，还是高仿产品，都造型独特精致，完美精湛，令人赞叹。文化没有被历史尘封，精品依然得到传承，此刻，我的心甚为释然。据了解，研究基地是由热爱家乡和瓷器文化的中华传统瓷器大师林俊和龙山镇企业家张旺财先生等创办的，据张先生介绍：成立这家公司主要是宣扬、传承东溪窑瓷器文化，现在已经研发出来的新产品近500种，其中凌波仙子、释迦牟尼、四羊方尊等精品多次荣获中国工艺美术百花奖“金奖”。

在东溪窑，从窑炉的外观造型、功能设计、取材方面，都有相当突出的地方特色和时代特点。那历经风风雨雨的东溪窑址，在一个久远的年代里缔造了东溪窑的辉煌。岁月的沉浮中，烧窑人把久远的时代融进了陶器，也融进了生活，把历史的、传统的与当代的、时尚的特点融合在一起，这也是一种有效的延续方式，他们用历史的方式留给了后来的我们。每一件东溪窑作品，在保护中融入更新，都是世间不可多得的珍品，人们通过窑器，看到了历史，看到了留存下的生命。它们是与历史对话的纽带，在传承地方文化的同时，也承载着人们的情感。

几百年前的东溪窑让漳州人自豪，让世界赞赏；几百年后的南靖人依然让祖先欣慰，让世人自豪！青山依在，绿水长存，历史虽然远去，文化却依然继续在传承，在发扬，在创新！

东溪窑拾记

□ 方非

算来与东溪窑颇有缘分。第一次去东溪窑是在2013年，那时候是在朋友的极力怂恿下去的。汽车在一条碎石子铺就的机耕路停下，只见方圆百里峰峦叠嶂，翠竹掩映，连绵起伏，并无人烟，哪有什么窑址啊！幸好早有准备，村民老郭在前头一路披荆斩棘，藤牵蔓绕的，我们在没有路的地方给钻出了一条路。到了地儿，对于我这样的外行，更是傻了眼，没办法想象出那个小山包就是东溪窑的窑址，那个由几块长了青苔的砖头垒成的洞口就是窑口。但是，唯一让我可以稍稍欣喜的是，地上的确随处可见碎瓷片，就那么安静地躺在我脚下的泥土里，在树缝射下来的阳光里闪着古朴幽蓝的微芒。

我抠了一块，擦拭去沾染在上面的泥土，放在手心里，只觉得温润如玉，那上面应该是满满的时光印记吧？摩挲着它，我想象着在辽远的20世纪，也曾有谁把它放在掌心，细细地端详着。它是怎样成为残片的呢？应该有一段故事吧。可惜在漫长的岁月里，总有一些东西渐渐被遗忘，或者也没人追究。时光之刃从来不曾饶过任何事物，但同时，它也成全了多少灵性的东西。就像我手里的这个小小的物件，在时光的旅程中磕磕碰碰，留下了斑驳的岁月痕迹。如今，它借着文化的力量穿越时空，让我们这些后来人见识到古人的匠心和他们高超的技艺。从那一刻起，我喜欢上了东溪窑。因为热爱，我开始大量阅读相关书籍，并经常到东溪窑去。县里的工作人员告诉我，窑址分布面积很广，堆积层也厚，生产规模达10平方公里，他们采集回来的瓷器和瓷片标本，更是让我大开眼界。东溪窑以生产青花为主，兼烧青釉、青白釉、白釉、米色釉和少量三彩、五彩瓷器，产品类型繁多，有炉、瓶、洗、壶、罐、盘、碗、杯、勺、盒、瓷塑、鼻烟壶、象生瓷和文房用具等。我最喜欢封门坑一带采集到的米黄釉小开片标本，这些是典型的“漳窑”标本，有炉、瓶、罐、盘、碟、觚、印盒、勺、碗、洗、杯、花盆、砚台、仙姑立像等。虽然这些米色釉瓷器多少有些残损，但它们是那么古朴典雅，冰裂纹之间有如冰种翡翠的莹亮通透，极具特色。就是上面所描画的人与物也是线条流畅，寥寥几笔，颇有吴带当风的飘逸洒脱动感。由此可见，明清时期东溪窑的制瓷工艺已臻成熟。

2014年6月，村民郭武虎发现了封门坑1至4号窑址的具体位置，涉及窑炉、作坊区、生活区、瓷土矿洞等完整的瓷器生产体系。2015年1月开始，文物部门对1号窑进行考古挖掘。东溪窑终于在我们面前揭开了神秘面纱。现在，穿过茂密竹林，来到高坡上，我们的眼前豁然开朗。往远处望，山上林木葱茏，山下小溪潺潺，青山碧水交相辉映，遗址两旁的杂草灌木已经被清理干净，景物一目了然，残缺的窑墙、出烟室、烟孔、匣钵等古遗迹给我们带来强有力的视觉震撼。要不是实地亲眼所见，简直难以相信数百年前这里曾经“千百水碓，漫野窑烟”“晴天天上一层雾，晚上地下一片星”。窑场从外面山口向深谷延伸，前后距离长达上千米，其中窑址、作坊区、瓷土加工区、生活住宅区模样清晰可辨，俨然一个经济开发综合区。这次，就是再外行的人也能看出这是一个集生产、加工、营销、住宅为一体的大型综合窑场。在这里，成形的瓷器坯体，被送往窑炉，经受约1000℃高温煅烧。合格的瓷器被运往山下的渡船头码头。渡船头曾是南靖参与海上贸易的起点，位于距封门坑八百多米处。我们穿过大片的竹林与香蕉林，才来到这个古老的河运码头。现在，由于沧海桑田的变化，它已经变成了一条不见天日的山间小溪。

当地人流传“东溪十八窑”的说法，他们说，东溪窑最鼎盛的时候一天要消费1200斤肉，可以猜测这里曾经多么兴旺，杂工、烧窑工、制作工艺师、管理人员等应该有千余人。如今，展现在人们面前只是一片废墟，但裸露于地上的一行行住宅地基，一排排溪岸护墙，一条条壕沟、涵洞，用鹅卵石整齐垒砌而成，其规模之壮观，令人惊叹不已。遗址上有几块门当，保存得相当完好，仿佛在向人们诉说沧桑的历史。当初为了生存，窑民们耗费大量人力、物力，从山外、河里把一条条石板肩挑力扛搬进山里，建起了庞大的窑场。每一颗鹅卵石，每一块石板，每一道石墙，每一条沟渠，无不凝聚着东溪窑民工的血汗与智慧。在遗址上行走，难免发思古之幽情，这座创造过人间奇迹的窑场，由于贸易重心转移、战乱等原因，从兴盛到没落，终于人走场空，留给后人无限遗憾与感叹。

宗教信仰在中国传统古已有之。在封闭的大山里，窑民为了抵御频发的自然灾害，会祈求神明保佑平安，因此，窑场理所当然有一系列祭祀山神与土地等活动。然而最让人觉得不可思议的是，人们还在窑址附近发现了“番公爷”神庙，这表明当时的经济发展与洋人密不可分，我们可以大胆揣测窑民对于“番人”有一种感激之情，才会建庙祭祀，而这，又与东溪窑的经济贸易是分不开的。明代中后期，漳州月港海外贸易兴盛，带动九龙江流域制瓷业的发展。明正德《漳州府志》记载“白瓷器出漳平永福里，黑瓷器出南靖河头，青瓷器出南靖县金山”；清光绪郭柏苍《闽产录异》有“漳窑出漳州，明中叶始制白釉米色器”；清末民初杨巽从《漳州什记》载“漳州瓷窑，号东溪者，创始于前明，出品有瓶、炉、盘，各种体式具备”。明时洋人们轮番东进，先是葡萄牙人以海澄、浯屿（今龙海市港尾镇）为据点，后是西班牙人以吕宋为中心，再是荷兰东印度公司、英国东印度公司大规模开展对华贸易。他们以易货贸易的形式或用“锄头楔子

银”等“番银”直接购买中国的茶叶、丝绸、瓷器等特产，源源不断地输入到欧洲各地，甚至远达南非和拉丁美洲。据载，荷兰东印度公司在1602年至1682年就从中国运出1600万件瓷器等，其中不少瓷器是东溪、碗窑坑的产品。

作为一个生产场所，东溪窑一带山岭耸峙，河流纵横交错，高岭土储量大，丰富的林、水和高岭土等自然资源为发展窑业提供了得天独厚的生产条件，而优越的地理位置也使得它得以成为我国南方大型民间窑场，而且是东南沿海地区重要的外销瓷产地之一。东溪窑位于九龙江西溪下游，与月港有内河船相通，两地相距不过三十多华里。据相关史料记载，明中叶至清初，也就是从16世纪中叶至17世纪前半叶的一百年间，东溪窑窑业如日中天，在我国海上丝绸之路对外贸易中起到举足轻重的作用。当时，东溪窑出品的瓷器一路由人工担运汇聚于此，统一搭乘运输船，顺永丰溪而下，再由平板船经九龙江的西溪、北溪分别载至漳州月港，在月港换乘大型木制帆船，漂洋过海，大量出口到日本及东南亚国家，并转销到欧洲市场和美洲新大陆。近百年来，中外水下沉船考古打捞出土的大量文物，也见证了东溪窑对外贸易历史。遥想当年，无数艘“且高且大”的“福船”满载陶瓷等货物，乘风破浪，风雨兼程，驶向大洋彼岸，但有时也难免遇到大风大浪，只能长眠海底。

东溪窑遗址的发现，成为古代中西方海外贸易和文明交流的重要佐证，也是我国明清瓷器制作工艺研究的文化资源宝库。如今，国家文物局已正式把东溪窑遗址列入“海上丝绸之路·中国史迹”遗产点申报世界文化遗产。东溪窑窑址因远离村落，没有受到开发建设的影响，周边环境基本保持了原有的山形地貌，多数窑址均按照始建时的形制和格局在原有位置保留下来，出土的瓷器也和史料记载的相吻合，当时运输瓷器的主要交通路线——河道也保存得较为完好，连国家文物局刘曙光副局长都说“东溪窑是最具观赏性的窑址”。是的，窑烟早已飘散在历史的天空，但海丝路上却留下了它的传奇。

山谷水乡

□ 陈小玲

云水谣坐落在山环水绕的谷地里，一条河流，四面青山，仅仅是这种结构，就区别于乡村的小巷和城市的大街，人行其中，自然而然就会萌发各种各样快乐的念头。

云水谣原名长教，是闽南人与客家人的交融之地，位于漳州市南靖县境内。2005年，台盟中央名誉主席、全国政协原副主席张克辉，以自己和几位台胞的生活阅历为原型创作的电影文学剧本《寻找》，被改编成电影《云水谣》，就在这里取景拍摄。之后，长教因《云水谣》而名声大振，“藏在深山人未识”的长教从此令人刮目相看，那凝重古朴的土楼、淳朴的民情民风，引起人们的浓厚兴趣。

云水谣之美在于它的清幽。一条随意流泻的弯弯小溪，从远山里唱出，又悠悠地渗入到天边的彩虹之中，我不由得停住了脚步。从未见过这样清澈的小溪，平缓而浅的溪水刚好淹过膝盖。我不止一次蹚进溪水，或撩水花，或坐在从苍崖上垂吊在河床的树根上，凝望漾动的溪水，此时，听觉、视觉、触觉都变得非常敏锐，每一缕风，每一道光和影，都有灵魂的渗进。远远望去，不时有人倾身在溪中洗刷，平添了几分情趣。我们的到来打破了这里的宁静，款款笑声撒播在水里，闪闪烁烁，引得洗衣的村妇频频回望。

鹅卵石铺成的古栈道沿溪而建，绵延十多公里。古栈道，叫古幽道，因为它非常幽静。那上面的鹅卵石由于年代久，走的人多，被磨砺得十分光滑。据考证，古栈道是过去长汀府通往漳州的必经之地，生活在这里的人们进京考进士考状元，都要从这古幽道走……古栈道溪岸边有古榕树群，由13棵百年、千年老榕组成，蔚为壮观。其中一棵老榕树是目前福建省已发现的最大的榕树，树干底端需要十多个大人才能合抱。这里的古榕树是那样独具风采，盘根错节，枝繁叶茂，山风掠过它高高的枝头，把叶子掀动得忽白忽绿，但树身则牢固地埋在地里，任怎么吹都不动摇。有几棵榕树横向生长，枝丫伸向溪中，给远道而来的观光客留下“疏影横斜水清浅”的景致。循着古栈道，我来到吊角楼旁的老榕树下。绿荫下，一方石桌，数只石凳，或茶或棋，或丝竹管弦，客家山歌、南音便袅娜成幽梦……此时，几个老人组成的民乐队正在演奏，扬琴、二胡、琵琶、大鼓，吹拉弹唱，音律独特，别有韵味。细细品味，他们正在表达自然风光、民俗文化，诉说宗教历史。栖息于榕树诗意的怀里，他们尽享乡居生活的恩惠。

古榕树、古栈道交织的云水谣，土楼人家、小桥流水构成的云水谣，是一种禅境，是物化了的精神家园！这种禅境，不是古佛青灯下的“禅”，而是一种“平安家园”的感觉，那么凡俗，那么自足，让人眷恋，让人散开胸中的积郁。不过云水谣不是世外，云水谣有它的历史。最能体现云水谣神韵的是山脚下、溪岸旁、田野上星罗棋布的一座座土楼。这些从明朝中期就开始建造的土楼，目前保存完好的就有53座。土楼姿态万千，除了建在沼泽地上堪称“天下第一奇”的和贵楼，工艺最精美、保护最完好的双环圆土楼怀远楼外，还有吊脚楼、竹竿楼、府第式土楼……土楼穿过层层岁月而保留下来，那些湿漉漉水汪汪的苔藓，绣住了它的每条皱纹和每个斑痕。土楼的起源一直是一个谜，至今仍有争议，有专家认为“中原人为避战乱南迁建土楼聚族而居”“土楼是客家文化的结晶”；有专家认为福建圆土楼发源于九龙江中下游及毗邻地区，是漳州先民抗倭的产物。土楼是明代九龙江下游及毗邻地区的漳州人在抗击倭寇的血雨腥风中创造出来的，它最早出现的时间应是明嘉靖年间……无论源于何时，无论是庙堂之上，还是朝野之外怎样的人来人往，云起云飞，土楼带给人们的温馨、平和以及在宁乐中所包容的博大深刻，却是永恒的。

领略土楼，别有一番滋味。土楼不仅建筑特色鲜明，大多数土楼的命名也寓意隽永，意味深长。和贵楼又称山脚楼，是“世遗”福建土楼最高的，建于清代雍正十年(1732)。这座土楼建在沼泽地上，用两百多根松木打桩、铺垫，楼高5层21.5米，大楼为长方形，天井中心建三间一堂式学堂，历经两百多年仍坚固稳定，保存完好。和贵楼，顾名思义，是劝世人弘扬以和为贵的中华民族传统美德。怀远楼是双环圆形土楼，简氏家庭住宅，建于清宣统元年(1909)。怀远楼有两个含义：一是楼主来自河北怀杨简氏家族；另一个则是告诫简氏子孙要胸怀远大志向。楼两侧一副对联：“怀以德敦以仁籍此修齐遵祖训，远而山近而水凭兹灵秀毓人文。”大门两侧还有装饰四个大字“福禄寿全”，告诫子孙，“福禄寿全”是相对的，只有努力才能获得。怀远楼最引人注目之处，在于内院核心位置的祖堂，也就是家族子弟读书的地方“斯是室”。“斯是室”令人想起刘禹锡《陋室铭》里“斯是陋室，惟吾德馨”的句子。走进大门，迎面就是“楼中楼”内环楼“诗礼庭”。大门至诗礼庭通道两边分别有砖墙把大天井隔开，在土楼走廊这侧分别有两个拱顶侧门，右侧门上书“玉树”，左侧门上书“宝田”，寄寓热爱禾稼树木、与自然和谐的愿望。

……

小桥流水，百年古榕树，古栈道，土楼人家——风景只为喜欢它的人而存在，它能唤醒人们心中许多被遗忘的东西，像爱情一样纯洁、质朴、有美感……循着小溪，古栈道上我们慢悠悠地走着、看着，并且希望，这条鹅卵石铺成的古栈道永没有尽头，遗憾的是，溪头的晚照这时已迎面而来。

醉美！南靖地标

□ 野洋

一方水土，有故事，就有底蕴底气，就有品位品气。

亘古以来，南靖是个不缺乏传奇故事的地方。1322年置县，古称兰水、兰陵，今叫南靖。面积1962平方公里，人口36万人，历史算不上久，面积谈不上广，人口称不上多，但其历史文化厚重，名胜古迹众多。省字头，国字号，乃至世界级头衔应有尽有，譬如世界文化遗产、国家级自然保护区、全国重点文物保护单位、中国历史文化名村、中国传统村落、中国景观村落和福建历史文化名村、福建传统村落一个不缺。“山清水秀，林茂花香，楼奇寺古，岩美洞幽”，游客如此点赞南靖。

土楼，南靖的地标，南靖因其而名扬天下。“似黑色的UFO自天而降,又似蘑菇拔地飞腾而上”“世界上独一无二的神话般的山区建筑模式”“没有看到田螺坑土楼群，不算真正看到福建土楼”，这是中外建筑学家对南靖土楼的赞语。北京时间2008年7月7日6时30分，南靖的历史拐点定格在这一时刻。此时此刻，在加拿大魁北克市召开的联合国教科文组织世界遗产委员会第32届大会，全票通过福建土楼列入《世界遗产名录》，南靖田螺坑土楼群、河坑土楼群和怀远楼、和贵楼共20座土楼在世遗名录榜上题名。南靖土楼入世遗，就是南靖人创造出来的一个传奇故事。

土楼，南靖人建造的这一地标引爆了全球人的眼睛，每年不少于300万不同肤色、不同语言、不同国度的游客造访南靖土楼。现代著名散文家管桦坦言“只跪地，只跪母亲”，现代诗人艾青高喊“为什么我的眼里常含泪水？因为我对这土地爱得深沉”。散文家的跪，诗人的泪，饱蘸的是对土地的一颗敬畏之心，一片深爱之情。南靖人何尝不是如此！众多土楼分布在书洋、梅林、奎洋、船场、南坑等山区乡镇村落，而且多选择在山坡、山谷、小山顶和溪流畔建造，既不占用不可再生的耕地，又与秀水青山、田园绿野互相辉映，极富田园风光。土楼的选址，足见南靖人对土地的珍爱之情。

可以说，圆是国人最崇尚最常用的一种图案。也可以说，南靖人崇尚圆，又不刻意追求圆，他们对圆的崇尚似乎更加虔诚，对圆的运用也达到登峰造极的境界。土楼的造型并非千楼一面的圆，而是颇有讲究，以圆方居多，椭圆形、正方形、长方形、交椅形、弧形、曲尺形、五凤形、八卦形、围裙形、凸字形、五角形、马蹄形的也有之。布局不是随心所欲，而是十分巧妙，有簇拥成群而建，有一字型并列而建，有单楼独建。南靖人以“天圆地方”为土楼建筑理念，以满足家族聚落群居来考量建筑规模，以达到与自然环境融为一体和“天、地、人”三者合一为终极目的。田螺坑土楼群，是福建土楼标志性建筑，其布局依山势起伏，错落有致，遵循传统的“风水”理念，依照《易经》中的“金、木、水、火、土”五行方位而建，一座方形土楼属“土”居中，三座圆形和一座椭圆形土楼属 “金木水火”环绕四周，当地人俗称“四菜一汤”。我国著名古建筑专家罗哲文赋诗赞美：“田螺坑畔土楼家，雾散云开映彩霞。俯视宛如花一朵，旁看神似布达拉。或云宇外飞来碟，亦说鲁班墨斗花。似此楼形世罕见，环球建苑一奇葩。”河坑土楼群以“法天象地”为建筑理念，规划先行分批次建造，14座土楼错落在不足一平方公里的山谷溪畔间，与周边的青山、溪流、田野交相辉映。在河坑土楼群中转悠，便会心生“人行楼群间、楼随行人转”的感觉，倘若站立狮子山巅观景台俯瞰，14座土楼酷似天上散落到人间的“北斗七星”星象奇观，给人以白天望北斗不是一场梦的惊叹。观赏田螺坑土楼群和河坑土楼群，从不同的角度，不同的高度，才能看清看透它们的真容。观看土楼群这样，观察一个人何尝不是如此！

行走南靖土楼景区村，我遇见的村庄都有响当当的名字。田螺坑自然村是

中国历史文化名村、中国传统村落和中国景观村落；河坑村是中国传统村落、中国景观村落和福建省历史文化名村；塔下村是中国景观村落、福建省历史文化名村和福建省传统村落；石桥村是中国景观村落、福建省历史文化名村、福建省传统村落；长教和梅林村是中国景观村落。我目之所及的土楼等古建筑，要么是世界文化遗产，要么是全国重点文物保护单位，或者是福建省文物保护单位，座座土楼都有令人称奇叫绝处。和贵楼有两口水井，相距数米，一口水清澈，一口水浑浊，这座土楼竟然建在沼泽地上。石桥村的顺裕楼，直径86米，有368间房屋，上海大世界基尼斯总部确认它是“中国房间数最多的圆土楼(单圈)”。石桥村的永安楼，还有河坑土楼群中的朝水楼，都是没有石基的土楼。这样的奇迹，怕是只有南靖人才有胆识创造，也只有南靖人才有魄力把它创造出来。

一方水土，倘若缺乏文化底蕴，就称不上完美，更谈不上大美。南靖土楼，乍看座座质朴纯真，实则楼楼散发着厚重的文化韵味。不必细说河坑土楼群绳庆楼天井中那座祖堂门上悬挂“德式乡闾”横匾，堂梁上“狮子夯梁”的浮雕，还有堂墙上梅、兰之类的彩画；也不必细说石桥村顺裕楼楼门石枕上惟妙惟肖的麒麟牡丹浮雕；更不必细说怀远楼“斯是室”祖堂内古色古香的雕梁画栋。仅仅从楹联就可窥见土楼厚重绵长的文化底蕴。每座土楼都有文字浅显、内涵深邃、韵味深长的楹联。振源楼“振兴一脉真传勤劳勤俭不可不继，源思二行正路惟读惟耕忠义忠承”；勤和楼“勤与俭持家上策，和而忍处世良规”；进士楼“世事让三分天宽地阔，心田存一点子种孙耕”；裕源楼“读书好耕田好识好便好积德更好，创业难守承难知难不难忍气尤难”；裕昌楼“裕及后昆克勤克俭成伟业，德承先世维忠维孝是良规”；怀远楼“怀以德敦以仁籍此修齐遵祖训，远而山近而水凭兹灵秀毓人文”；和贵楼“和地献奇山川人物星斗画，贵宗垂训衣冠礼乐圣贤书”，联联珠玑，传承着土楼人家崇尚诗书礼教，或仁爱礼让，或勤俭持家，或耕读立身，或以和为贵的思想理念。有些土楼还有历史名人题词赠匾，晚清名臣张之洞为石桥村永安楼题写门联“永登百尺高楼遥令俛倡，安得千间广厦大庇同欢”等。

走进南靖土楼景区，我曾夜宿塔下赏萤舞，德远堂前观旗杆，下版村中惊歪楼，狮子山巅望北斗，和贵楼边听山歌，云水谣栈道觅古韵，曲梅溪畔赏梅香，南华岩内拜孔子，天后宫里谒妈祖，土楼客栈品山茶……每每行走土楼景区，目睹神奇的土楼，仿佛时光逆转到神秘而陌生的远古，烦躁之心便会在呼吸吐纳间平静下来，安分之心也会在呼吸吐纳间非分起来。我心，因吐纳厚重的土楼文化气息而陶醉；我身，因浸染浓浓的土楼历史韵味而飘然。大山深处，竟然有如此的丽景，着实罕见，更是令人忘返。

一座座土楼，就是一部部田园诗作，一轴轴山水画卷，极具灵气，古色古香而又清新靓丽。我真想吟诗赞之，作画美之，遗憾的是我非歌者吟不出诗，也非丹青手作不了画，我唯有给南靖地标一声点赞——醉美。当然，我也不忘把如此的美丽景致摄入心间，留作记忆。

爱在云水端

□ 吴淑芳

云水谣古老的大榕树见证了一段感人的爱情故事，那吱呀作响的木制大水车也在传唱着动人的旋律。

曾经有这样一对年轻人把爱的种子撒在这云水之端。故事的开头总是这么的美好，这对年轻人生在云水端，长在云水端。从小住在象征幸福和美好的圆形土楼里，吃苦耐劳、纯洁朴实的家乡人给这对青年创造了一个宁静安详的世界。在这拥有幽幽古栈道、青青碧云天的小山村里，他们无忧无虑地成长着。从小手牵手一起走来，田间小路上留下他们串串银铃般的笑声，小溪流边的沙地上印下他们可爱的小脚丫。茶山上有他们劳作的身影，兰园里有他们精心培育的幽幽素兰。

从两小无猜到懵懂少年，时光缓缓流过。在这世外桃源般的古老村庄里，只要不出意外，他们终将养儿育女，白头偕老。1932年，漳州战役的枪声传到了云水谣。大榕树下老人们传唱的那些英雄豪杰的故事，就像夜空里的启明星一样指引着男孩，岳飞精忠报国的气概一直深深地埋在年轻人的热血里。国不安家何在？有国才有家！在国难面前，儿女情长被暂搁一边，虽有万千不舍，但深明大义的女孩最终同意，走之前她提出一个要求：结婚后再走！三天后，她缱绻难舍地把心上人送出村口，送上了战场。

男子披肝沥胆，勇赴战场，在枪林弹雨中失去音信！大家都说他战死沙场了！可她不信！

古楼月夜，姑娘常常吹响年轻小伙留下的笛子，在这圆圆的土楼里回味曾经的美好时光。她常常想起他曾在茶园里对她说过的那句话：你就是咱土楼茶园里的一株红美人！

面对纷纷扰扰的世界，她如何去抗拒一份欲罢不能的相思苦？是那句“你就是咱土楼茶园里的一株红美人”让她坚强地活了下去！面对青山绿水间的满山茶树，姑娘一心想制作出一盏气韵优雅的好茶，来等那个懂她的人回来。姑娘化悲伤为力量，苦心钻研，终于制作出一种经久耐泡的高山茶：观之茶叶肥壮、紧结圆直，色泽乌油温润；闻之芬芳的气味中散发着淡淡兰草香；冲之汤色红艳明亮；饮之温润甘甜，唇齿留香，令人回味无穷。为了纪念心上人对自己的爱恋，她把这道茶叫作“土楼红美人”——我就是你心中的红美人！姑娘要把盏“土楼红美人”，在这青山绿水间等他归来！“红美人”就像山谷中的幽兰在土楼这片钟灵毓秀的土地上默默地吐芬芳，随着年月的增长越传越远。慢慢地，它那如山的醇厚滋味和悠久回甘的品质得到了世人的认可，“土楼红美人”很快名扬天下！

是谁的思绪，飞向云水端，化成相思雨， 洒向这片神圣的土地？

水之湄，你孤独的身影搁浅了一地的风情，柔情似水，唤不来风雨共蹁跹，茶山上许下的倾城之恋，如今谁与我共欢颜！

夜深人静，她总是格外期盼能有一杯红茶，来解救被时光炙烤的想念。细细长长的品味，平复了内心的孤独，那

股流淌在心尖的幽幽茶香就像爱人的温度久久不能散去。这感觉她深深依恋，一山一世界，山在茶就在，茶在爱就在，土楼就是最好的归宿！随着山梅公路的开通，山里的茶源源不断运出去，经济活跃起来了，好多人都搬出了土楼搬出了大山，但她却不肯离去，不想走远。她说在这云水之端有她最放不下的茶园，她只愿香消这里。

时间如水，悠悠岁月一流就是几十年。红姑娘已老成了太婆，她把一生默默无私地奉献给了茶园，把自己的茶艺留给后人。临终前，她交代晚辈们把她埋葬在最高最高的茶山之上，那儿离云最近，一云一思念，站在那儿她可以看得更远，可以看清绵延到村口的那条路，她的心上人总有一天会出现在那儿，她要第一眼就望见他。

抚摸岁月，一切已随风而去，化作云化作雨，飘散在这云水之端。悲情的故事不会再重演。现在的云水之端，甜蜜的爱情还在延续，因为政治清明、经济发展，年轻的人儿不用再分离了，青山绿水间总能看到幸福的人儿手牵手的身影，站在高高茶山上的红娘，你该为大家高兴吧！

土楼红美人，吸引人的不只是那个妩媚动人的名称，也不仅是那凄美感人的爱情故事，它那沁人心脾的茶香，只有亲自品尝过后才能体会。欢迎有缘人到土楼来！在这云水之端，在这土楼故里，在这茶香飘飘的世界里，您也许也会邂逅一份美丽的爱情！

恋恋云水谣

□ 江惠春

南靖，位于九龙江西溪上游，是漳州市重点侨乡和台胞祖籍地之一。这里山川秀美、人文丰富，是世界文化遗产福建土楼故里。南靖的土楼形如天外飞碟，散布在青山绿水之间，适应聚族而居的生活，起源于唐朝陈元光开漳时的兵营、城堡和山寨，是闽南地区自唐以来“外寇之出入，蟊贼之内讧”的特殊社会环境产物，以历史悠久、造型风格独特而闻名于世，有“土楼王国”之称。在南靖境内，坐落着古雅淳朴的民居，远离尘嚣的村庄，其自然生态保持较好，是南靖独具特色的符号。

当南靖土楼申遗成功后，这座小小的县城，便吸引了无数远道而来的游客。土楼，也开始从幕后走到了台前。

起初，被南靖所吸引的，除了土楼，还有那部电影《云水谣》的取景地长教。据悉，云水谣一开始并不叫云水谣，它的本名是长教，一个有着神圣地名的地方。看过《云水谣》影片的人们或许还记得，片中，古朴幽深的古栈道，两个年轻人洒下欢歌笑语。云水谣里，有阳光，有清风，有白云，还有两个少年的爱情。因为爱情，云水谣留下了他们青春快乐的身影。他们的爱，穿越了半个世纪，隔着重重的海岸，穿越了长长的云水守望，等来的，却是阴阳相隔的消息。云水谣的爱情，一转身，成了生命中不能承受之重，影片凝聚了最深沉的情感，这样凄美的爱情，让云水谣从此承载着一代又一代年轻人心里对爱情的追求与渴望，于是长教改名为云水谣。一个村落由一部电影而改名，不管初衷如何，足见影片的穿透力及影响力。

电影只是拍摄了云水谣一部分景观，真正的云水谣，是一个能让人踏进来就不想走出去的地方。走进古栈道，那些百年老榕树长长的枝叶轻轻拂过溪水。那是一条滋养过世世代代子孙的溪水，几百年来一直蜿蜒流淌，有风袭来时泛起阵阵涟漪。台阶似的石桥横跨两头，日暮时分，行人一个个沿石阶走过，身影倒映在溪水中，是一幅绝妙之图。据当地人介绍，这里还是以前简氏族人进京赶考之路呢。岸上，铺满了鹅卵石的道路更显宁静幽深，一排老式木质结构的房子，见证着长教数百年街市历史。此情此景，让我想起了凤凰沱江。沱江的水岸，江边的吊脚楼挺立在江水之上，衬着凤凰那古老的城楼，有着灵韵般的色彩。云水谣又何尝不是如此呢？木砖的房屋，就坐落在江边，顺势而下的水流清澈见底，温和流淌着。沈从文先生在他的自传里说：“水的德

性为兼容并包，从不排斥拒绝不同方式浸入生命的任何离奇不经事物，却也从不受它的玷污影响。水的性格似乎脆弱，且极容易就范。其实则柔弱中有强韧，如集中一点，即涓涓细流，滴水穿石，却无坚不摧。”沈老先生道出了水的真谛。云水谣的水，激发了我们心里无限的遐想。

在云水谣里，不仅仅是水、古道、榕树。漫步其中，土楼胜景即映入眼帘。那最吸人眼球的是山脚下、溪水边罗列的一座座土楼。房子与房子毗邻相依，如果不是经常在那里出入，恐怕一不小心就会串错门。小路的石头几十年如一日地与土楼做伴，经过岁月的洗礼越发显得光滑坚硬。这些古老的土楼，目前保存完好的就有几十座。那一座座飞碟似的土楼，一直以来都蒙着一层神秘的面纱。在申遗成功后，人们终于发现了这些土楼别具一格的风采。当一批批人们远道而来参观这些土楼建筑时，云水谣不再安静，土楼也不再神秘了，在人们面前，在一个接一个的闪光镜头面前，它们一览无遗。起初这里的居民或许不知道为什么一个小小的静谧的村落会突然出现繁华景象。当走进来的人越来越多时，他们终于明白，这里，已不再是一个日出而作、日落而息的土楼了。于是，当地聪明的人们也开始抓住涌现出的商机。于是，土楼有了另一种面貌。

南靖的土楼，因为有了足够的恢宏和厚重，已渐渐被人们所接受和喜爱。单单听到地名，就可以感受到土楼独特的魅力所在。和贵楼，以和为贵，土楼的人们，屋屋相连，在同一个屋檐下，彼此相互照顾，乡里乡亲的关系十分融洽和睦。土楼就是一个大家族，家和万事兴，家和贵如金。和贵楼把人与人之间和谐相处的典范诠释得淋漓尽致，今天的我们，或许可以想象，当年土楼的人们在这样一座和贵的楼房里居住热闹非凡的日子。怀远楼，是建筑工艺最精美、保护最好的双环圆形土楼，这个充满怀旧的名字让人心生怀念。外面的世界很繁华，土楼的年轻人一个个走出土楼，去外面的世界闯荡，土楼里，只留下老人、女人和孩子，他们在土楼里怀想守望着远方的亲人。于是，在老榕树下，在土楼的门槛里，时不时可见静坐的老人，他们的目光一直望着前方，是否，他们在等待归家的儿女？因为土楼，才是他们真正的家。

到过土楼的人都知道，田螺坑土楼群堪称众多土楼群里的一朵奇葩。它由5座土楼组成，居中的方形步云楼和圆形和昌楼、振昌楼、瑞云楼、文昌楼依山势错落布局，团团相围，在青山的环绕中悠然地散发出原始朴实的气息，风吹雨打，岁月的沧桑巨变，都不足以改变它的面貌。朝代的更迭，使它更为坚定自己的步伐，保护着土楼里群居的人们。这样巧夺天工的工艺，让我们不得不对建造土楼的祖先心生敬佩。南靖，还有好多土楼，有吊脚楼、竹竿楼、府第式土楼等，可是没有哪一座土楼是一个模子印出来的，它们都有自己独有的建筑风格和精美的构造。

土楼的独特魅力，引起社会各界广泛关注，一批批人拥入土楼参观。社会的关注，让土楼熠熠生辉，也让土楼走向世界。它不仅仅是人们观赏性的建筑，还让人感觉团结的力量。土楼人聚族而居，一间间楼房独立而又相互牵连，多少年来的风雨沧桑、风云变幻都无法割断他们朝夕相处、和睦共居的状态，土楼是他们心中温馨的家，坚守的港湾。土楼就像一幅静谧的旧画，将自己的光辉，融进了平淡的岁月里。它既是一座温馨的家园，又是人们为之坚守的港湾。

蓝天白云，青山碧水，云水谣的根基，深深地熔铸在这片土地上。它巍然屹立着，并以其优美的自然景观和独特的人文资源，吸引一批又一批影视制作人到此取景拍片，日益焕发出新的生机。可是在我心中，它更是一个适合守望的地方。或许，在日暮时分的土楼窗前，或许，在繁星满天的溪水边上。人们守望着远归的亲人，守望着心里的信念。这样的守望，又何尝不是一种幸福？

行走南靖

□ 韩予曼

八闽之地有一个小县城，素有“土楼王国”之称。这个小县城，它的名字叫南靖。

钟灵毓秀的南靖，自然风光旖旎，文物古迹韵悠。这里的山是青山，水是绿水，田是沃田。山抱水，水吻山，山水相连，堪称“天然森林公园”和“动植物王国”。南靖人自称山青、水秀、林茂、楼奇、岩美、洞幽、寺古，行走南靖，倘若舍不得时间，耐不住性子，那就饱不了眼福。世界文化遗产、国家级自然保护区、中国历史文化名村、中国传统村落、中国景观村落、福建历史文化名村、福建传统村落，这些亮闪闪的头衔，南靖样样不缺。品赏南靖风光，“一村”“一镇”“一楼”“一花”是不可错过的。

“一村”，就是中国景观村落、福建历史文化名村、福建传统村落，书洋镇境内的塔下村。我初识塔下村，源于一篇电视散文。约莫2007年至2008年间，我多次在漳州电视台《闽南风》栏目看到野洋先生的电视散文《塔下行吟》。塔下村，游客赞之为闽南周庄。村庄沿着一条溪流两岸而建，整个村庄十分秀气，村里有五十多座造型不一的土楼。阡陌交错的村道几乎条条用鹅卵石铺就，这些村道的鹅卵石如蜡染般光

滑，足见其年代的久远。塔下村是南靖有名的侨村，自清乾隆始，塔下村张氏子孙就渐渐有人移居到缅甸、泰国、印尼、新加坡等地，如今，塔下村张氏旅居海外的侨胞上万人。身在异国的塔下村人，爱国爱乡，名扬四海。张善庆，新加坡中华商会创建人，他是孙中山先生坚定的支持者，国民政府授予一等三级嘉禾爱国奖章；张君武，“七七事变”后毅然从新加坡归国，加入抗战队伍，参加血战台儿庄；张建禄，泰国国王赐予四等和二等白象勋章，多次受到领导人接见。自古塔下人崇尚诗书，人才辈出，科举时代走出14个举人、进士，民国时期走出10个大学生，新中国成立后又出了一百三十多名大学生。我国著名画家、《开国大典》油画作者董希文先生的夫人张琳瑛女士，就是塔下村第一代女大学生。张氏家庙“德远堂”，建于明朝弘治年间，是全国重点文物保护单位，国民党将领张发奎、张治中为之留下“清河著望载祀数千，绵绵瓜瓞蔓引枝联”“源远流长”的墨宝。祠堂屋脊上画有三国、封神榜、八仙人物，还有麒麟、凤凰、龙、虎以及兰、菊、牡丹等，古朴典雅，精绝到家。祠堂后，树木郁郁葱葱；祠堂前，半月形池塘波光粼粼，池塘边有清朝以来张氏及第的进士、举人、贡生等学衔官阶的子孙所立的石龙旗杆23支。旗杆有基座和主体两部分，基座有方形、六角形、八角形，高约一米。主体旗杆高10米左右，下段镂刻年代、学位、辈分、姓名、官衔等，上段为圆柱，雕刻蟠龙缠柱，顶端有的雕刻圆笔尖，有的雕刻坐狮。仰望一支支石龙旗杆，似乎在会面塔下村前贤：张文辉，清乾隆三十七年进士，官居棣洲司马；张金拔，清道光六年(1826)进士，甘肃知县，德宁教谕，漳州芝山书院、漳州丹霞书院院长……

“一镇”，就是云水谣古镇。土楼、商铺、鹅卵石道、石桥、榕树、河流，皆是古镇丽景，古朴典雅，又秀气靓丽。这些景观一一都足以用“百”和“千”来论其史，可用“古”与“老”来冠其名。譬如，建于1732年的和贵楼，至今有近300年历史，而光滑锃亮的鹅卵石古道却有千年历史，是明清时期汀州府通往漳州府的必经之路。云水谣古镇有苏州园林的曲径通幽，也有周庄的小桥流水人家，还有丽江的古香古色。而较之于凤凰、丽江、乌镇这些耳熟能详的古城镇，云水谣古镇少了一份商业的气息，多了一份纯朴的灵气。云水谣古镇人家，在蜿蜒流淌的古河流养育下，在枝繁叶茂的古榕树庇护下，把时间凝固在古道上、古榕下，生活节奏不紧不慢，如同墙壁上的挂钟分秒自有定律。漫步云水谣古镇，偶然看到几家旅店，它们的名字有点浪漫与清雅，如“经纬小调”“半月楼客栈”“相约云水客栈”，但也有一家叫“小肥猫”的客栈，名字取得蛮特别，走进去一看，布置得简单明亮，现代感十足，仿佛与幽幽古镇的景致格格不入，感觉到这样的雅致客栈不应该出现在古镇，而应当在城里。

“一楼”，就是南靖土楼。南靖土楼发展于明朝中期，鼎盛于明末清初时期。1962平方公里的南靖，土楼众多，这些土楼造型奇特，有圆形、方形、椭圆形、弧形、扇形、交椅形、曲尺形、马蹄形、五角形、围裙形、雨伞形等。布局巧妙，有状如梅花的田螺坑土楼群，状如北斗七星的河坑土楼群。建造技术精湛，有建造在沼泽地上的和贵楼，没有石基的永安楼。2008年北京时间7月7日6时30分这个时间节点，在加拿大魁北克市举行的联合国教科文组织第32届世界遗产大会上，全票通过福建土楼列入世界文化遗产名录。田螺坑土楼群、河坑土楼群、和贵楼、怀远楼在世遗名录榜上有名。数百年来，一直静默山村、沉寂时光、养在深闺人未识的南靖土楼，终于华丽转身，引爆人眼，福建土楼南靖景区也一举成为国际王牌旅游景区、世界旅游目的地、中国最佳文化生态旅游品牌景区和国家5A级旅游区。这一连串响当当的名字，勾人心魂，不到南靖看土楼，心会安分吗？

众多的土楼从何看起？如果在乎外形美的话，当属河坑土楼群和田螺坑土楼群。如果在乎土楼文化韵味的话，怀远楼不能落下。河坑土楼群位于曲江村，站在狮子山上观景台俯视，14座方圆土楼有如天上散落到人间的“北斗七星”星象。而坐落在上坂村的田螺坑土楼群，状如一朵永不凋谢的梅花，它是福建土楼标志性建筑，我国著名古建筑专家罗哲文作诗赞美“俯视宛如花一朵，旁看神似布达拉”。云水谣古镇里的怀远楼，门联“怀以德敦以仁籍此修齐遵祖训，远而山近而水凭兹灵秀毓人文”，楼内有座诗礼堂，石刻楹联“诗书教子诏谋远，礼让传家衍庆长”。堂内有“斯是室”，是祖堂兼私塾。“斯是室”内雕梁画栋，异常精致，屋檐下木雕彩绘花草走兽、书卷饰物，惟妙惟肖。两侧的木窗缕雕九只龙纹，栩栩如生。正堂两边镌刻镏金楹联“月过花移影，风来竹弄声”“琴书千古意，花木四晓春”“书为天下英雄业，善是人间富贵根”“天下良谋读与耕，世间善事忠与孝”，散发出历久弥新的土楼文化韵味。况且，怀远楼里还有一块横匾“助我义师”，为楼添香增味。

“一花”就是南靖兰花。南靖，亘古以来，盛产兰花，古时，邑以“兰”名，城也以“兰”名。南靖，兰文化历史悠久，而且历久弥新。以盆植兰的历史可上溯到宋朝，清时《南靖县志》刊有邑人王茂宋所作《素心兰赋》一文。而今，兰是县花，南靖人张金生、谢崇山创作了歌曲《兰花颂》，广为传唱，县是中国兰花之乡，有冠以“兰”字的街道、桥梁、广场……如县城里就有兰陵路、兰陵桥、兰陵广场、兰陵小区。“我从山中来，带着兰花草……”《兰花草》这首歌中的“山”虽然不是南靖的山，但是多山的南靖兰花品种繁多，主要有六大类，上千个品种，尤其以建兰、墨兰、寒兰、春兰品系最多，是全国四大兰花原产地之一。中国兰花协会会长、原农业部部长何康视察南靖时，就留下“南靖山水秀，幽谷佳兰香”墨宝。南靖丰田镇319国道旁和县城四公里的兰花园兰花，一年四季恣情任性怒放，满园花香四溢，更是沁人心脾，摄人心魄。

聪颖的南靖人善于书写千古传奇，一些看似极其普通的东西，经过他们的巧手一拨弄，一拿捏，就极富韵味品位。生土夯成的土楼，竟然成为世界文化遗产，一花独秀的兰花，竟然远销日、韩和东南亚国家。如今，南靖人再让沉睡数百年的东溪窑重见天日，而且马不停蹄地行走在申遗路上。

龙潭楼

□ 魏民

谁也不曾设想，300年来默默无闻，静静地蹲在大山深处、土里土气的一方土楼，如今会引起人们如此多的关注！

它，叫“龙潭楼”，就坐落在南靖县书洋镇田中村的吕厝。

一、蔡溪头，因吕良篚而“改弦易张”

站在天岭山麓西侧，你很难想象眼前这片荒废的土地，曾经是一个阡陌交通、鸡犬相闻、人烟稠集的村庄——蔡溪头。

蔡溪头，明时隶属施洋总，为蔡姓村庄。明初，蔡仲生门户人丁不旺，养女刘氏，招赘永定县金丰里大坡头吊枧的吕良篚为子，以传香火。

历史，因吕良篚而改变。

吕良篚进赘蔡仲生门户后，子孙兴旺，但后裔皆姓吕，不姓蔡。

清康熙癸卯年（1663），吕良篚裔孙在施洋枋头的白叶头请风水先生勘察，认为这是块烘炉宝地，龙脉水势极佳、能佑子孙兴旺，能多出贤才，就动工兴建一座方型土楼，于甲辰年

（1664）竣工。因时值龙年，楼前溪流中又有一口深潭，因而取名龙潭楼。

眼前的龙潭楼，是一座中等偏小的方形土楼，坐西向东，外墙墙体斑驳，梁木陈旧，外大门两边的附设建筑已经被岁月无情地摧毁，留下一个孤独的外大门，像一个遭遗弃的孤寡老人一样。楼北边，有一棵十几米高的古树，新长的翠叶，焕发着春光。

据说，白叶头原先是一片长满白竹叶的荒铺，拓荒的先民在这里开垦田地。龙潭楼建成后，周围是碧绿的田园，楼就坐落在田洋之中。九龙江西溪支流书教溪，宛如一条玉带，从楼前的东向流来，绕过楼的右边，向西蜿蜒流去。小溪对岸林木苍翠，山势如同一头奔跑的公牛。龙潭楼高约16米，周长104米，占地面积676平方米。四层，每层16开间。一至四层均设走马廊。四部公用楼梯分布四个角落。底墙厚1.73米，夯土筑成，墙体非常坚韧。楼门厅放置一部石碓，是古时居家必备的舂米、做米粿、糍粑的工具。楼门两边的石条上，镌刻着清代不知名秀才做的“龙跃浪高春气暖，潭深源远水流长”的楹联和“龙性天行健，潭清印月明”门联。

与所有方、圆土楼一样，龙潭楼十分注重防匪防盗功能。

大门的两扇门板，是用12厘米厚、不易蚀朽且耐火的“咬冬木”制作。大门上安装有竹管设的三眼泄水洞，楼上(二楼前厅)还建一水池，若遇匪徒围楼火攻，可以放水淋湿门框板，浇灭烧门

之火。在楼顶层四边墙出挑处，建有悬空哨台，安火药铳、土火炮各一门，顶层四角还备不少可投掷的石块，作为反击外敌的武器。龙潭楼一至三层都不开窗，但都设有内大外小的箭口。

龙潭楼建成后，吕良篚后裔从蔡溪头迁往白叶头。因枋头的白叶头村民皆姓吕，新村便称“吕厝”。吕厝，清时隶属施洋总，今属书洋镇田中村。现在，龙潭楼吕氏已传十余代，一个村民小组。而蔡溪头，终因吕代蔡后而荒废，留下让后人缅怀的遗址。

二、博物馆，土楼的创业史话

我伫立在龙潭楼前，凝望着土楼博物馆。

2002年，南靖县征用龙潭楼为土楼博物馆，作为“福建土楼”申报世界文

化遗产的配套项目。当年投入资金250万元，完成楼体维修、周边环境整治、文物征集和布展工作。

博物馆面积两千五百多平方米，20个展室，设筚路蓝缕的创业史话、天人合一的建筑经典、传承不息的文化精髓、古朴淳厚的民俗、血脉相连的靖台亲情五大主题。通过大量翔实的史料，向人们全面展示南靖的早期开发、土楼的建造技术和文化内涵、土楼人的生活习俗、古代南靖杰出的历史人物、南靖与周边地区的渊源关系等；同时陈列新石器时代、青铜时代的石器、石锛、陶瓷及唐、宋至民国时期的各种珍贵文物一千多件，还有各类土楼民俗用品、生产用具、根艺作品等，从而提高了南靖土楼文化品位，成为人们了解南靖土楼的窗口。

2007年，又完成南靖土楼博物馆四大主题、16个展室、32个版面的布展工作。

我在土楼博物馆16个展室中穿行，思绪随着女讲解员甜美的声音而上下翻飞：一会穿越时空，在与古人对话；一会漂泊海上，在跨越海峡。

明清时期，全县65个姓氏中，就有53个姓氏迁徙台湾。在嘉义县，从“唐山”来的垦荒创业者为了子孙世世代代不忘祖籍地，将居住地命名为“南靖”。“南靖”，简简单单的两个字，寄托着先民们怎样的乡思啊！

在嘉义县的南靖村，还有一座特殊的庙宇，始建于明末，叫“灵应公义士庙”。庙除供奉福德正神外，还供奉义士：随郑成功来台后阵亡的赖阿讃、郑禄两位壮士以及清光绪二十一年当地义勇军在抵抗侵台流寇中壮烈牺牲的志士。

云水谣古榕

□ 珍夫

爱情故事片《云水谣》，让隐匿于大山深处的土楼名村长教声名鹊起，也把村中的古榕树展现在世人面前。当成千上万的游客走过官洋村中幽长的古径，观赏那隔水相望却不能牵手的古榕树时，似乎也在感受着两岸隔不断的相思。

这两棵被鉴定为近700年树龄的榕树，仅相差五六十年，年纪略长的“榕树王”树围10.7米，高29米，树荫占地近2000平方米。它们遮天蔽日，郁郁葱葱，树冠之大，树叶之浓，把偌大的溪岸遮去了“半壁江山”。远望，婆娑的榕叶笼罩着溪岸，蔚然成了一座绿色的小山；近看，树干高大挺拔，随风飘扬的树须像关羽的美髯，垂落到地扎入泥土，又形成新的树根，这也许就是我们平常所说的“落地生根”吧！

榕树盘根曲干，苍老粗大，充满神秘，其奇异的外形，留给了人们很多遐想的空间。有些人认为榕树千年会成精，或者相信榕树是神仙落脚的好去处，便在榕树上设一小神龛，或在树下盖一小庙，按时祭拜，祈求居住在榕洞里修炼的“仙爷”慈善而有威灵，为民众赐福消灾。

南靖是一个多山的县份，连绵不断的山峦和温带多雨的气候，为森林的成长提供了得天独厚的条件。自古以来，南靖就是福建重要的林区，森林覆盖率居福建的前列。当今，森林毁损、水土流失、环境恶化十分严重，南靖却首批获得“国家生态县”，在东南沿海树立了“生态文明”的一面旗帜。

在众多的树木种类中，榕树尤为南靖人民喜爱。在南靖的任何一个地方，随处可见大榕树，榕树成了乡村中一道美丽的风景线。无论城镇街道或乡村山区，无论屋前或河边，到处可以邂逅饱经岁月风霜的榕树，它们粗壮茂盛，幽雅多姿，参天遮地，绿意盎然，陪伴着人们的生活，寄托着人们心头的希望。

南靖于元至治二年（1322）建县，将近700年，云水谣官洋村口两棵古榕树差不多是南靖历史的风云见证。此外，溪岸边还有十几棵榕树，有老有少，年纪最轻的也有百年以上，这总共13棵榕树组成的群体，气势宏伟，既像老将列队护卫着村落的安全，又似长者慈祥地张着笑脸，给予后辈们亲切的关爱。

榕树喜欢高温多雨、空气湿度大的环境，它们树形奇特，高可达三十多米，寿命长，生长快，侧枝和侧根非常发达。枝条上有很多皮孔，四处能够长出许多气生根，向下悬垂，像一把把胡子。一棵巨大的老榕树支柱可多达千条以上，经常形成“独木成林”的景象，

让人不得不惊叹顽强的生命力。

云水谣“榕树王”的生命力极其旺盛，在周围没有泥土的时候，榕树上的气根可以吸收空气中的养分，维持树木生长，成为大榕树的另一条生命线。

从某种意义上讲，云水谣古榕旺盛的生命力，代表了南靖人民坚韧不拔的性格特征。榕树对南靖人民来说，不仅是一种在家乡随处可见的树木，更多的是一种家乡的符号和印记。

榕树对南靖人民和台湾游子来说，有着不同寻常的意义。在他们的眼中，榕树就是故乡，村中的大榕树是伴随自己童年、少年时期的玩伴。比如兄弟分家时，榕树都会被写进分家的契约中。南靖人民对榕树有一种天然的亲近，会把它当作家人一样看待。

在海峡两岸同胞的心目中，榕树是最有灵气、最有情感的“树中寿星”。人们习惯称榕树为“成树”，几乎每一个村里都种有榕树，所谓“无榕不成村”是也。因此，大多数闽南人家庭中，还会种植几盆苍翠遒劲、娇小玲珑的卵榕、矮榕盆景。千姿百态的榕树盆景像一幅有生命力的立体画，美化着居家的环境，愉悦人们的心情。

云水谣古榕树下，一条绵延10公里、全部用鹅卵石铺就的古径，将整座村镇串联了起来。古径原名古幽道，不仅是长教连接南靖境内、通往漳州府乃至进京的必经之路，更是长教与外界联通的唯一一条道路。如今，越来越多的人们通过这条古径，来到云水谣，其中不乏祖籍南靖的外地人。从小在外地出生的他们，对故乡最初的感受，大概是祖辈、父母口中念念不忘的大榕树吧。

隔河遥望的两棵古榕，虽然尚未能最终牵手，但绵绵不绝的根早已伸过河底连在了一起；繁茂的枝叶相互透露着绿意，风吹过，“簌簌”地传达着信息。外乡人民从小对榕树的印象，来到云水谣之后对榕树的感情，在心中激起的涟漪，是否会逐渐扩大，直到占满整个心胸呢？

每年数以万计的海外侨胞来到南靖，寻根问祖，慰藉自己内心深处久久不能忘怀的思乡之情，云水谣古榕树扮演了多么重要的角色！

村寨中的土楼

□ 唐崧

上洋是南靖县奎洋镇的行政村。在这块村域面积3.4平方公里的河谷盆地古村落中，分布着16座土楼，其中最引人注目的就是和平寨了。既是土楼，缘何称寨？为探究竟，我于乍暖还寒的早春时节，来到被誉为“福建土楼后花园”的上洋村。

我打着伞，在村民向导庄添章的陪同下，于蒙蒙细雨中走近村中央的和平寨。寨门右侧，一块刻有“和平寨”的花岗岩巨石，仿佛一位威风凛凛的大将军，把守着村寨。正在盛开的鞭炮花，将鹅卵石砌筑的环形寨墙点缀得光彩鲜丽。步入寨门，蓦然举首，一座土楼矗立眼前，但看不到楼门。原来，楼门前有一堵也用鹅卵石砌就的环形矮墙，挡住了投向楼门的视线。土楼上方，“和平寨”三个红色仿宋大字，连同娟秀的土楼英姿，倒映在楼前矮墙外那口半月形的大池塘里。静静的池水中，小荷尚未露角，游鱼历历可数，几只游鹅曲颈高歌，仿佛在欢迎我们的到来。池塘三面疏篱环护，垂条柳丝在篱外吐翠，小花小草在篱下欢笑，寨内几户农家炊烟，袅袅地飘荡着淡淡的乡愁，多美的一幅宁静祥和的山村春景图呀！

站在池塘边，向导如数家珍地向我介绍：和平寨始建于明朝正统年间（1436—1449），为圆形土楼，建筑面积3629平方米，四层，高15米，每层有16间房屋，共64间。

接着，向导又向我讲了一些有关和平寨的珍闻异事。

相传，明代有个姓庄名良德的年轻人，因家贫，就入赘到和平寨黄家。黄家女儿黄宽淑勤劳善良，婚后小两口恩恩爱爱，令人称羡，遗憾的是生一个夭折一个，连生三胎后，黄宽淑的外公黄老先生在一高人的点拨下，无奈地对庄良德夫妇说："从第四胎开始，你们所生的子女，可以姓庄，不必再续黄姓了。"说来奇怪，身为奎洋庄氏第11代孙的庄良德，此后生了一个茁壮成长的男孩，单丁传至第13代孙，居然生下8个儿子，到第14代，就生有30个孙子，第15代后，子子孙孙数不清了。现在上洋村庄姓已传到第25代，80%以上是庄良德的后裔。

我们边走边聊，来到土楼前，向导推开沉重的大门，楼内空无一人，说是危房改造。原住民都搬迁了，只有天井当中那口圆形的水井，伴着春虫的唧唧声，还在清亮亮地仰读着蓝天楼影。这口水井是庄良德在世时挖掘的，直到今天还叫"良德井"，可见朴实的村民，喝水不忘挖井人，祖祖辈辈都牢记着先人的恩泽。蹲身抚摸着长满青苔的古井沿，我感慨良多。庄姓之所以能成为旺族，跟他们不忘根本是分不开的，良德井的遗存，就是明证。

因是待修的危楼，我们没敢上，用手机拍了几张照片，就走出来，缓缓关上楼门，沿着墙根，来到后楼墙外。向导指着用鹅卵石砌成的护坡说："良德恢复庄姓后，请堪舆大师察看寨楼风水。大师说这楼建在莲花穴地上，内楼和外寨都须建围墙，要建成花盆样，楼后砌护坡，坡高应超过第一层楼，且要分砌三级，寓一代更比一代高。庄良德一一照办，就建成眼前这模样了。"

庄良德去世后，子孙们在第四层楼的后厅里，设了一座小小的"良德祖祠"。清嘉庆九年，子孙上祠拜祖，不慎失火，同年重修。向导说："听地理先生讲，和平寨前方远处有座火尖山，要想长居久安，就必须在楼前挖一口大池塘，还要按左三右四的顺序，再挖七口椭圆形的小池塘，形成'七星伴月'的格局，以水制火。良德的子孙们采纳了这条建议，才有如今那口半月形的大池塘。至于那七口小池塘，现已被填为道路了。"我们仔细寻找，尚能看见七星池沿的遗痕。

走出村寨，回眸寨门那"既和且平"的横匾与"和气春无限，平心福自多"的楹联，我思绪万千。和平和平，只有和睦相处，才能平安幸福。一个家庭、一个村庄是这样，一个民族、一个国家也是这样，整个地球村更是这样。但愿世界和睦，天下太平！

悠悠德远堂

□ 张美尧

中国景观村落塔下村东面山坡上坐落着中国遗迹完整的姓氏祠堂建筑之一——德远堂。

《族谱》记载："塔下开基祖小一郎公，妣华氏始创塔下，生二子：长子光裕公居小溪；次光昭公，由小溪随母迁回马头背张屋坪旧址。"母子俩相依为命，过着清苦生活。有一天，一位江西地理明师杨先生巡山看风水到了马头背，天色已晚，赶不到大村庄投宿，华一娘深知出门人辛苦，留他在草室住宿，杀掉唯一生蛋的老母鸡款待客人。杨先生看到华一娘这么热情招待他，感动地说："这里山高水冷，不是久留之地，应该踏下一步，到山下鸭母坑边居住才好。"话未说完，华一娘端上一碗

鸡肉放在杨先生面前，盛好饭请他用餐，两碗青菜则放在自己和儿子面前。杨先生一看碗里的鸡肉只是鸡头、鸡翅，都带骨头，鸡胸肉、鸡心、鸡肝、鸡肫都不在碗里，心想：这农妇那么小气，用骨头招待客人，肉都留自己吃。本想告诉她山下开基的具体做法，就咽回肚里了。当晚，华太婆让出自己的床给杨先生睡，自己和儿子在厨房板凳上过一宿。

第二天早晨，杨先生动身下山时，华一娘给他一个饭包，路上做点心。杨先生沿山路边走边看风水，到了猪母岽顶，天已晌午时分，肚子也咕咕叫饿了，就在大树下歇息打开饭包。一看饭包里尽是鸡肉和鸡肫、鸡肝，饭很少。原来，华一娘确实真心待客，自己却错怪她，现在得回去把山下风水宝地详细告诉她，才不会受到良心的责备。于是杨先生匆匆回马头背张屋坪，抱歉地对华一娘说：“早上匆忙，忘记把要紧的事告诉你了。”接着告诉她：“山下鸭母坑旁有一口牛沐浴的泥塘，塘下方住着一对姓唐的七十多岁的老夫妻，塘面上是块风水宝地，猛虎下山结穴，你若得到它，今后子孙必然兴旺发达。你先认他们干爹干娘，然后取得他们同意搬下去搭牛棚、盖草屋居住，最后原地盖祠堂，一定会慢慢地发展起来。”华一娘母子再三感谢，他们把杨先生的话牢记在心。

一次，曲江圩日，华一娘母子赴圩回家，天色还早，看到溪里许多鱼虾，就卷起衣袖裤管到溪里捉鱼虾，忽然一阵倾盆大雨，把母子俩淋得像落汤鸡。姓唐的夫妇招呼他们到屋里歇息，让他们脱下衣服烤火，又熬姜汤给他们喝着御寒。华一娘温和善良，满面笑容，感谢唐老夫妇，光昭也亲热地喊“阿公、阿婆”，深得唐老夫妇欢心，他们就留宿在老人家里。华一娘勤快地帮老人收拾杂乱的屋子，并把家具洗刷干净，老人家觉得他们像自己的媳妇、孙子一般，十分高兴。唐太太向华一娘提出要认她做干女儿，正中华一娘心意，华一娘便答应下来，叫唐老夫妇坐好，和光昭跪在他们面前连叩三个头，喊干爹、干妈，光昭也叫阿公、阿婆。这样一来，无子无女的老两口晚年就有儿孙照顾了，心里热乎乎，叫华一娘干脆搬来住在一起，也好互相照应。华一娘说：“住在一起太挤，还是在屋后空地另搭草屋较好。”唐老夫妇同意了，华一娘在旁边开荒种地，养鸡养鸭养猪养牛，就这样两姓合为一家，其乐融融。

华一娘按照杨先生指点，在泥塘上方搭草屋、牛棚猪舍、鸡窝鸭窝，择定七月十四日从马头背张屋坪迁来居住，不料那晚跑来一头母牛，夜里产下一崽。在华一娘细心喂养下，小牛长得很快，邻村丢失母牛的户主找牛也不敢认回去。此后，华一娘母子风调雨顺、六畜成群，日子一天比一天好起来，唐老夫妇年迈体弱相继过世。光昭娶妻生子，一代接一代逐渐兴旺了。到第四代，永胜公在旁边建造第一座三层18间的长型土楼，取名永盛楼，在开基旧址建造宗祠德远堂，按地理先生“踏下”一步开基的意思，把村名叫“塔下”，七月十四日迁居。村中每年中元节提前一天庆祝，作为迁居纪念。

德远堂初建时派人到江西找到当年杨先生的后裔、七十多岁的杨亚宗先生。老先生按其祖父交代，认真为张氏

兄弟设计建造宗祠，饶平的石匠、永定的泥水匠、木匠配合先生把宗祠建好。祠堂主体完成后，老先生又把原泥塘砌成丰月形池塘，池塘挖深，不料挖得过深，挖出一个带红血丝的圆形青石蛋。老先生一看失声说：“糟了，把老虎的眼睛给挖坏了。”顿时昏倒过去，张家兄弟把他背回住处，煮姜汤灌下他才慢慢苏醒过来。他惭愧地望着张家兄弟说：“真叫我痛心，没想到把老虎眼珠子挖出来，实在对不起你们，现在只好把石蛋放回原处，池塘保持常年有水不干。这老虎仍然厉害，会保佑张家子孙兴旺发达、富贵双全……”说完闭上眼睛与世长辞了。张家兄弟宽容大度，不但给老先生厚葬，还在祖庙神龛右边立“宗师仙神禄位”，永远敬奉。

德远堂经过五次维修，建成殿堂式

的祖庙。祖庙正殿坐东向西，前面正对人字岽、三峰六秀、层层相映，后山古树参天，郁郁葱葱。外大门朝南向“尖峰笔”，高耸云霄。门碑上瓷雕“张氏宗庙”四个大字，屋顶双龙戏珠，栩栩如生，大门板油画门神尉迟恭陈叔宝，手执钢鞭、铜锏，威武雄壮，牛鬼蛇神不敢进来。后面门牌也瓷雕“派衍西来”四个大字，表示张氏家族从闽西迁徙而来。正殿中央木雕神龛镏金刻着华太婆传下世代子孙名字，左边是华太婆当年供奉的观音娘娘神位，右边是修建德远堂的地理宗师仙神禄位。龛前几桌上石雕神炉，铜铸烛台，终年香火不断，大厅上方高悬黑底镏金“德远堂”三个大字牌匾。梁栋木瓜拱斗，雕龙画凤，富丽堂皇。大厅前两尺口径木柱上，红底金字书写着清代太史张翱撰写的长联：“得姓由轩辕大儒一人铭垂二篇扶汉三杰功高四相敕封五虎博物六史貂冠七叶犹是清河族派；扬名显奕祀位列八仙鼎甲九成平兴十策忍书百字金鉴千秋青钱万选道灵亿尊依然文献宗支”78字长联，嵌入“一至十，百、千、万、亿”的数列，包含着14个张氏名人的典故。

“大儒一人”：张仲是《诗·小雅·六月》中出现的第一人，为一大儒，宋、明、清朝，先后受封，简称文昌帝君。

铭垂二篇：宋朝哲学家、理学家张载，著《东铭》《西铭》两篇，被后人视为有价值的格言。

扶汉三杰：汉朝刘邦建国由张良、萧何、韩信三杰扶助，张良名望最高，成名后舍弃爵禄而从赤松子游。

功高四相：唐朝先后四位宰相：张柬之、张嘉贞、张说、张九龄。

敕封五虎：三国时期刘备封张飞为五虎将，另外四位是关羽、赵云、马超、黄忠。

博物六史：西晋大学问家张华，著《博物六史》，为文人之词源。

貂冠七叶：东汉张让，七代做官为国为民。

位列八仙：唐朝张果老是八仙之一，寿居八仙之首。

“鼎甲九成”：在古代科举中，最高的三名：状元、榜眼、探花，称“三及第”或“三鼎甲”、“鼎三足”，宋朝张九成中状元。

“平兴十策”：南宋宰相张浚力主抗金，重用岳飞、韩世忠，被秦桧贬外二十年。在湖南永州贬所，他连上50道奏疏，其中的《平兴十策》，阐述了由

平乱到中兴的计划。

“忍书百字”：山东寿县的张公艺九世同居。唐高宗疑询，张公艺便在一张纸上写了一百个忍字献给皇帝，高宗感动得流泪，赐予一批丝帛。

“金鉴千秋”：唐玄宗开元年间，张九龄任宰相。玄宗生日，张九龄以《千秋金鉴录》五卷献给皇帝，玄宗大加赞美。

“青钱万选”：唐朝张鷟善写文章，有人说他的文章好像用青铜铸成的硬币，万选万中，张鷟被称为“青钱学士”，他的文章为万选青钱。

“道灵亿尊”：东汉道教创始人张道陵，亿万人尊敬。

以上典故说明张氏家族历代以来人才辈出，光宗耀祖。旁边还悬挂着第15代孙进士公张金拔题写的对联“德乃祖功乃宗行其庭必恭敬止；远而孙近而子人是室惟孝友于”，告诉族人对祖宗要恭敬。殿内屏风上画有山水花草虫鱼，古装戏“天仙配”“封神榜”“三国志”“二十四孝”等人物，图文并茂，屋脊上陶瓷雕塑龙凤呈祥、八仙过海、麒麟狮象、飞禽走兽……颜色鲜艳，形象逼真，技艺之精湛令人赞叹。

大门外月眉形池塘里，水清如镜，游鱼戏水，活生可见；池塘两边竖立着24支石龙旗杆，实为稀世罕见的文化绝景。按封建制度，考举人及第、七品官以上的人在家祠前可竖石龙旗杆。20世纪70年代后，塔下村对造福桑梓的海外华侨及百岁老人，也竖旗杆纪念。旗杆有四方形和六角形台座，第一节是方形，四面分别刻着姓名、代次、功名、科次、官衔及立杆年代等；第二节是巨龙缠柱，栩栩如生；第三节是圆柱形，文官顶端镌有毛笔锋，武官则镌坐狮。总高十米多，竖立在祠堂殿前，给人以静穆、严肃、荣耀的感觉，激发族人努力向上，奋发图强，光宗耀祖。

张氏家族人丁兴旺，发展到第九代，兄弟标锦、标宸、标滚、标元扩大到大坝、南欧、曲江发展，至今有三千多人，在南洋印尼、新加坡和中国港澳台等地也有一万多人。在台湾第13代孙张石敢，台南开基创业有成，经商得利、家殷富足，其子孙回乡祭祖，把德远堂建筑风貌在台南仿建，让子孙永远铭记根在大陆。每年中国港澳台及张氏宗亲回家寻根谒祖络绎不绝，在外努力打拼、苦心经营发展的德远堂子孙代代不断，他们赚钱回家建土楼，置田地、铺路建桥、建水电站、学校，开辟茶果园、造福桑梓，深得族人赞叹，使塔下村成为小桥流水人家的中国文化景观村落。在家乡，大家努力耕作，生活一年比一年富裕，特别注重教育培养后代，博士、硕士也年年榜上有名。近年来考上清华大学的学子，全县平均7人中德远堂子孙就有4人。人们都说，这是德远堂好风水庇佑的结果，应验当年地理先生“富贵双全”的预言。

逢年过节，全村族人都备办牲礼到德远堂祭拜，祈祷祖宗保佑合家平安，小孩快高快大，长命百岁，读书人学业有成，步步高升；年轻人婚姻如意，早生贵子；成年人事业兴旺，五谷丰登；老年人神清气爽，健康长寿……最热闹是正月十五日元宵节，德远堂内外焕然一新。正厅中央挂着一棵结满红橘子的树丛，两边各挂一丛杜鹃花，枝头上扎满手工制作的春花，树丛中各放一盏红灯，光芒四射。下厅和两侧挂满红灯

笼，红光满堂；去年的新婚夫妇都要到祖庙摘灯花，祈祷早生贵子，添丁进财。他们双双拜完祖宗后来到灯花丛前，由长辈叔公摘一对春花插在新娘头上，唱道："灯花插一对，早生贵子，长命富贵；灯花插一双，生得贵子，做状元公。"然后夫妻双双回家，家人放鞭炮迎接，回到洞房把灯花挂在床前帐眉上。祖庙门前唱大戏，舞狮表演，放烟花等活动，一直闹到午夜才结束。

二月春祭拜祖先也很隆重。农历二月是以惊蛰后至清明前为祭墓良辰，在德远堂开祭，然后才各家各户从上到下逐代祭祀。开祭那天一早，三把土铳连放九响，响彻整个土楼山村，告诉人们德远堂今天开始祭祖。大家纷纷来到德远堂，神龛前的供桌上摆满三牲，左右也摆着猪羊，堂上灯火通明。祭祀开始，钟鼓齐鸣，身穿长衫、头戴礼帽的礼生站在左边唱道："公元某年某月某日某时，我族春祭开始，主祭者就位。"这时各房首事也穿戴长衫礼帽，毕恭毕敬地站在供桌前。礼生唱："主祭者跪。"主祭者跪在供桌前，"叩首""再叩首""三叩首""上香"。执事人把点燃的香拿给主祭者，拜完收起插在神炉上"献酒"。执事把斟上酒的杯子拿给主祭者，敬完洒在地上。"献牲礼""献果""献财宝"……接着读祭文。读完后礼生唱"兴"，又唱"跪""叩首""再叩首""三叩首""兴""平身复位"，礼成。又在门口焚烧纸钱，然后放鞭炮，当晚便在德远堂聚餐庆贺。之后各家各户分别进行春祭，一直延续到清明前祭新墓，才关墓门结束。

每当族人考中秀才、举人、进士，朝廷官员送来捷报，都要到德远堂向祖宗报喜，把捷报贴在正厅屏风上，备办牲礼进行祭拜，祈祷祖宗保佑仕途通顺。现在考上大学的学子也一样到德远堂祭拜，祈祷祖宗保佑学业有成，步步高升。德远堂教育基金会每年在这里发奖学金，鼓励学子们努力学习，为祖宗争光。

在政府和村民保护下，经过多次维修，德远堂更加美丽堂皇。有一次，德远堂供桌上的石雕神炉深夜被偷，村民向书洋派出所及县公安局报案，局长非常重视，派人到处侦查，最后在龙岩一处古物收购窝点找到石雕神炉，保护了国家文物。

2006年5月，德远堂被列入全国重点文物保护单位，竖立大石碑，成为福建土楼南靖旅游景点之一，前来参观、考察的世界各地游客络绎不绝。游人无不感叹：德远堂是塔下村最耐人寻味的景点，值得大家去看一看。

寻梦塔下

□ 方非

（一）

初见塔下，是在1992年。二十多年前的塔下，可真的是“养在深闺人未识”的一块璞玉呵！那小桥流水人家的意蕴，让我们大大“惊艳”。青葱翠绿的田园乡村，清纯如酿的水光山色，翩然飞舞的花海蜂蝶，让人感觉仿佛置身于陶渊明的“世外桃源”里。两岸青山自南而北相对而出，小溪曲曲弯弯向前延伸，溪水清澈澄明。鸭子在水上悠闲自在地游来游去，偶尔得意地叫上几声。水边时时可见三三两两的村妇正在浣洗衣服，捶衣声流水声和着她们的欢声笑语，把个小溪渲染得灿烂明媚。大大小小的土楼依山傍水，沿河而建，方的、圆的、曲尺形的，不一而足。更有吊脚楼高高低低、错落有致地夹杂其中，那种江南水乡的韵味把我迷得神魂颠倒。只觉得山也好，水也妙，处处令人目眩神迷。那种美，是婉约的、安静的，没有笙歌没有艳舞，不喧嚣不奢华不浮夸，淡淡地散发着清芬；那种美，又是质朴的、单纯的，就像山村里自家蒸的糯米糕，热乎绵软，甜而不腻，让人回味无穷。

同学带我们去了村庄东面的德远堂。德远堂坐北朝南建在小山坡上，看上去精巧雅致，庄重肃穆。堂前正中有一口眉月形的池塘，蓄着大半池的水，映着天光山色，自有一番娇娆。背后是一片半月形斜坡，绿茵茵的草地修剪得规整洁净，宛若天然地毯。草地连着一片葱郁的山林，枝干直入云天。同学告诉我们，德远堂其实是“张氏家庙”，始建于明弘治年间，清乾隆二十五年（1760)重修，距今已有五百多年的历史，是中国目前保存完整的古代姓氏祠堂建筑。果然，书写着“张氏家庙”的牌楼上用彩色瓷片拼接镶嵌的双龙戏珠古朴得很，抱鼓石则彰显了它的身份。吸引人眼球的是屋脊上用各色瓷片剪粘成的浮雕：有姜太公钓鱼、八仙过海等神话传说；有龙、麒麟、凤凰等珍禽吉兽；有牡丹花、山茶花等奇花异草，方寸之地，百兽竞技，百花争艳，栩栩如生，形神兼备。大殿横梁上镌刻着由进士张金拔书写的宋代朱熹的警世名言：“祖宗虽远，祭祀不可不诚；子孙虽愚，经书不可不读。”大厅两边红柱上是清太守张翱取材于张氏家族史而作的一副长达78个字的长联，上联是“得姓由轩辕大儒一人铭垂二篇扶汉三杰功高四相敕封五虎博物六史貂冠七叶犹是清河族派。”下联是“扬名显奕祀位列八仙鼎甲九成平兴十策忍书百字金鉴千秋青钱万选道灵亿尊依然文献宗支。”德远堂正堂上供奉着肇基以来历代祖先的牌位，左侧悬挂着“祖德流芳”“源远流长”“载福凝瑞”等牌匾，右侧张挂着历代那些对家乡做出卓越贡献的乡贤相片。

出得门来，德远堂前的那些石旗杆吸引了我的注意力。这些旗杆由底座和主体两部分组成，底座有方形、六角形和八角形，和主体之间用方石盘榫接。石旗杆上浮雕蟠龙，腾云驾雾，还镌刻着姓名、官衔及立石龙旗杆的因由、年代等文字。石龙旗杆顶端的饰物也各不相同，有的雕毛笔锋，有的则镌坐狮。这里头是有讲究的，只有中举、中进士或取得一定官职的乡贤才可以在祠堂前竖石龙旗杆。大大小小二十几根的石龙旗杆足见这是个风水宝地，人才辈出。

夕阳渐渐西下，薄暮的阳光斜斜地投在那些石旗杆上，再映照在德远堂起伏的檐角上。天空的胭脂红慢慢地变淡了，云朵变幻出葡萄红、茄子紫等颜色，越来越淡，越来越薄。村庄里开始升起袅袅的炊烟，田里干活的人们陆陆续续回家了。只有几头老黄牛不为所动，兀自在山坡上悠然自得地吃着青草，不时地抬头看一下年少轻狂的我们在镜头前折腾、欢笑。最快乐的要数那些放牛的儿童了，他们在德远堂奔进窜出、追逐嬉戏，在他们幼小的心灵里，哪里有世间困厄的存身之地！相机“咔嚓”“咔嚓”响着，在我的记忆里定格着如许美丽。

（二）

不久听说德远堂被列为福建省文物保护单位，然后是“省级历史文化名村”荣誉称号，再后是列入第六批全国重点文物保护单位。塔下自此风生水起，广为人知。福建土楼申报世界文化遗产成功后，到土楼的客人也必会去塔下看看这个“闽南周庄”，客人们的赞叹惊呼让我由衷地为它高兴，但同时心里也泛起一丝隐忧：周庄美则美矣，可惜被商业化的大潮遮掩了它的质朴与纯真，但愿塔下不要重蹈周庄的覆辙。遗憾的是我很快就听说水泥路取代了鹅卵石小路，一想到轻烟细雨中闪着圆润柔和光泽的小径从此再也看不到了，我真是心疼不已。难道真的是文明开发到哪里，破坏就到那里吗？汽车轮子碾过的地方，是不是已经容不下原生态的恬静安然？汽车尾气熏过的地方，是不是已经不复大自然的清新澄澈？

今年初，县文联组织文艺采风活动，我再次踏上往塔下的路。一路上，心里犹自忐忑不安，这么些年不见，塔下成什么样子了？

车在村口停下，我们步行走了进去。鹅卵石小路是早就没有了，好在水泥路已经换成了青石板路，这让我感觉舒坦多了。放眼看去，依然是土夯木构的方圆人家，我的一颗心总算放下来了。风从远处吹来，吹动了家家户户门前高挂的大红灯笼，也吹到我的身上，惬意而恍惚。春节过去很久了，可是每座土楼里触目所及，春联依然红艳艳的，把平常日子都渲染出了几分喜气来。土楼的门廊下随处可见老人，有的一个人独坐一方晒太阳，有的是一群人聚在一起拉家常。溪边也还有些老婆婆在刷洗锅盖或者箩筐，满是皱纹的手腕上古老的银手镯转哪转哪，全是岁月的痕迹。村里长寿老人很多，据说近二十年中全村有六位百岁人瑞。塔下也成了远近闻名的长寿村。

塔下的历史可以追溯到元末明初，《族谱》记载：“塔下开基祖小一郎公，妣华氏始创塔下，生二子：长子光裕公居小溪；次光昭公，由小溪随母迁回马头背张屋坪旧址。于明宣德元年七月十四日肇基塔下，住址石壁下，逐年于是日裔孙辈继承先志，庆祝肇基纪念。”由此可见，小一郎公夫人华一娘携其次子肇基于塔下。几代人披荆斩棘、辛勤劳作，逐步奠下基业。经过多年的繁衍生息，家族逐渐兴旺，原来居住的土茅屋已经不能适应聚居需要，于是张姓族人沿着沟谷两旁建造了一座座土楼。由于客家话里“踏下”与“塔下”谐音，久而久之，塔下就成了村庄的名字。

塔下并不大，村头到村尾，也就一公里左右。两座青山夹峙的峡谷中，一泓清流宽不过30米，蜿蜒成“S”字形。山溪两岸因地制宜建起了45座土楼，其中还夹杂些单院式土木、砖石结构的吊脚楼，形成大楼带小楼、高低错落的奇特景观。11座桥横跨溪上，或大或小，有平有拱，更有那雪英桥就像一个倒扣的北斗七星，形态各异，把两岸人家连在一起。如果从高空鸟瞰，整个村庄活像一幅太极图，于是游客们给了塔下一个美誉——“太极水乡”。的确，塔下是适合低吟浅唱的慢生活的。在临河的阁楼小坐喝茶，吃着点心，或是捧着一杯农家自作的“仙草蜜”，边走边看，只觉得时光简静，岁月安好。没有肆意的逃避，只有自然的回归，民谣般随性随心，让身心和自然融为一体，体会天人合一的大自在，而这又暗合了太极的意蕴。

塔下的夜晚尤其让人着迷。静静的圆月，潺潺的流水，此起彼伏的蛙声虫鸣，偶尔夹杂着几声犬吠，分外显出了几许静谧。村庄淹没在黑黢黢的山影里，只有红灯笼在微风中摇曳着，发出暖暖的光，映着河面，带了几分久违的温暖。四周很安静，些微的凉意，空气清新得醉人。我寻梦而来，塔下还我一份“惊喜”！都说时光是记忆的橡皮，可是今夜，我为你无眠，塔下。夜色即将逝去，月色仍握在手中，圆满存乎一心。是啊，何必苦苦寻求安详自在的生存状态呢？“云在青天水在瓶”的境界，其实就在自己的内心。塔下寻梦，让我明白了：知足与感恩，自然衍生出情意万千。

和兴楼

□ 张美尧

和兴楼原名万和楼，是坐落在大坝村小溪旁边的大圆寨。1914年，德远堂第16代孙木明公之子佛庇、炎开、煜开兄弟在印尼泗水经营远记商行发达，回乡建成四层高大圆寨万和楼，楼内开设烟丝厂，1919年冬焙烟房失火，楼内木制结构全部烧毁，第二年即按旧墙重建而成。1926年军阀混战，漳州军阀张毅率部到三团区塔下大坝掠夺钱财，并纵火烧毁所有楼房，木明公子孙全部往南洋定居。1930年，清末秀才张闪开集结绅士张添开、张庆煌等，筹资按原样重

建时，为防止火灾和土匪袭击，精心设计，设施完善，求吉利改名和兴楼，撰联：和气发吉祥福禄均广，兴家资后进富贵绵长。当时住15户一百多人，以农为生，安居乐业。

和兴楼整座土木结构，外直径42米，高15米，占地面积1385平方米，底层28间房，4部楼梯，包括正厅、大门厅，四层合计128间房。地基用乱石干砌而成，入地1.5米，露地面1米，厚1.5米。第一层墙厚1.5米，逐层递减15厘米，至第四层尚厚1.05米，墙体用黄泥、石灰、沙、碎石等混合夯成。四道防火隔墙用砖砌到屋顶，把楼内房间分成四卦。四道楼梯分布在隔墙边，房间门面用杉木板做成，间与间用泥砖隔开，房间前有120厘米走廊环楼畅通，三楼四楼房间外设半舍重檐。四楼墙外设有五个防卫铳棚，砖砌150厘米高，分别设7至9个枪眼。楼顶木桷枋，泥瓦盖顶，火砖压栋防风。楼内地面用石枋铺成，分三堂、中厅，左右各设水井一口、浴室一间，下檐设猪舍26个、污水坑15个，水沟环檐下通大门地下出口。楼外檐宽1.5米，用石枋砌成，楼坪宽阔用石枋铺成。从总体来看，和兴楼防御结构十分严密，功能齐全，易守难攻，是防匪、防火的典型建筑。它多次遭土匪袭击，楼外墙弹孔累累，大门火迹依旧，这也是该村人们饱经战乱之苦的历史见证。

从远处看，和兴楼坐西向东，依山傍水，是土楼建筑文化中一颗耀眼明珠，1998年列入县级文物保护单位。

万和楼内外占地两千五百多平方米。当年，煜开兄弟经过细致工作，用白银把房亲叔侄的地方高价购买来，最后一块三十多平方米菜地，用白银排满菜园主人仍不肯卖，煜开兄弟只好将楼基退后，把菜园留在楼坪中。

楼基地解决后，楼前两百多米处遇一个南欧村民祖坟，其子孙怕圆寨挡住坟墓风水，煜开兄弟又出高价直到他们同意，才动工兴建。施工期间，村里小孩常常到工地玩耍，为了安全起见，煜开兄弟每天给每个小孩一个福建版银圆，叫孩子们去大溪边捡石头，小石头既作基建原料，孩子们又有钱赚，一举两得。

煜开兄弟请上杭县风水先生定基，饶平砌石师傅砌地基，永定木匠泥水师傅做屋架，护墙盖瓦，当地椿墙师傅行墙。历经四年时间才建成。

万和楼被烧毁的第二年，煜开兄弟再次请木匠泥水师傅在旧楼墙上重建。其时，南欧墓主子孙还来干涉，煜开兄弟再次补偿给他们。有打油诗曰:大坝阿煜叔，新楼包旧屋；南欧一寸土，家家食俸禄；墙泥堆成山，中央插蜡烛；银圆没用尽，未知何人福。

清末秀才张闪开集资重建万和楼，用砖砌四道防火墙，把圆楼分成四卦，大门顶设三个防火灌水孔，一旦大门失火，水灌入孔中灭之。门扇用硬木做成，内设15厘米方木闩，从左墙孔闩至墙体，十分稳固。四楼墙外铳棚，四面八方都可眺望，可观察并射击敌人。土匪张河山曾率部攻楼，用斧头破大门，烧大门，都没有攻破，最终狼狈而逃。现楼墙留下累累弹孔，大门斧痕、火迹依旧，是土楼人饱受战乱的证据。

如今楼内常住三十多人，以茶农为主，安居乐业。

塔下旧事

□ 张美尧

大坝由来

大坝是历史名村——塔下的一个自然村。东面是乾头栋，高山伸延至梅石栋；西南面是龙岗顶，直通屋畲栋大山；北面是下园栋，直达马头背高峰。三面高山围成一个三角形谷底，俯视犹如一张撒开的大网。东边一条发源于梅石栋大森林的大溪，从南到北流向塔下，是网的底部。西北边一条发源于乌石栋山脚的小溪，由西向东与大溪交汇后也流向塔下，二溪夹着三角洲，土地肥沃， 山清水秀， 是个生活休闲的好地方。

德远堂第九代孙张标宸，博学堪舆，志向远大，欲扩充家族住地，因行程欠佳，回迁双溪交汇的三角谷地。把二溪之水以“大坝”拦住，积聚财源。吻合三角形的网袋里袋袋有鱼，遂定名为大坝。

明朝崇祯年间，标宸公在大坝南面山脚建造第一座长方形土楼，24开间，高三层，同时开山辟田，兴修水圳，发展农林业生产。标宸公生下七子，人口逐渐增多，一部分外出谋生，往南洋经商发展，发了财则回乡建屋置业。如立昌公兄弟创建顺源楼、会源楼；嘉程公创建稻孙楼、文选楼、东楼；嘉渠公创建浚源楼；桂福公创建燕山楼；煜开公兄弟创建万和楼；还有德源楼、燕安楼、源昌楼、远昌楼、朝峰楼、庆德楼、南山楼、顺兴楼、和源楼、耀西楼、松心楼、东升居等二十多座土楼，加上后来创建的二十多座，现在大坝总计方圆大小土楼五十多座，形成土楼密集、坐落有序的土楼群。

崇文重教

标宸公自大坝开基以来，一贯以农林业为生计，开田修圳，种植稻谷、地瓜、蔬菜；山上植树种竹，发展造纸业生产。至清乾隆年间，部分村民往南洋谋生，由于不识字制约其商业发展，他们白手创业，历尽艰辛，略有节余则回乡办学。当时的私塾学堂有坑角镜澜斋、内新屋培兰斋、外新屋养心斋、上新楼帜昌庭等。聘请外地先生教育孩子读书识字。自清嘉庆至宣统年间，考秀才中进士有二十多人，如第15代孙景芳，第16代孙立昌、南昌、垒昌、万昌、桂福、桂龙、桂万；第17代孙坤盛、永祥、永安、鼎三、荣章、闪开、顺直、顺永、顺养、顺德、顺振；第18代孙崇腾、崇柄、崇柱……他们学成之后，有的往南洋经商，有的从政，有的在家乡从事教育。

民国初期，办学更盛。当时，孙中山提倡新生活与办学相结合的西方模式，开设国文、算术、音乐、美术、体育等课程，使学生德智体美全面发展。景芳公创办培英学校，温清公创办群英学校，超宏公创办聚英学校，三校学生计三百多人，名列南靖县之冠。煜开公还在曲江创办嘉煌中学，曾召开永靖和三县学生运动会。学子们努力学习，积极上进，一批批上了中学、大学，学成后为国家效力。如承俊，黄埔军校毕业后为军政部上校；君武，任空军训练团总队教官；从事教育事业的有崇礼、国景、荣谷、俊如、鸿栋、庆忠、荣榆、荣康、鸿修、承武、荣守、崇智……为土楼家乡学风树立榜样，并做贡献。

新中国成立初期，略有文化的土楼人踊跃参加人民政府工作，如瑞秋、承商、汉字、瑞意、贤字、鸿群、羡仁、羡友、羡泰、维盼、维千、寿彭、南轩、孟敦、鸿铭、鸿练、维森……家乡一如既往重视教化育人，学龄儿童不分男女，一律入学读书。50年代，在窠头学的听泉居设小学，还办夜校，提高村民文化水平。大坝小学只设一至四年

级，高年级到曲江中心小学就读。1957年，华侨顺畴公捐资创建大路下（大坝与塔下之间）塔下小学，有教室三座六间，办公楼大礼堂各一座，还有大操场等。这所设施完备的小学，把大坝、塔下两间小学并在一起，为六个年级完小，有学生两百多人。同时，顺畴公与荣汀公合资创建曲江华侨中学。土楼孩子从幼儿园至高中毕业在家乡就读更为方便，他们勤奋苦读几年，考上中专、大学的很多。

为鼓励村民从学，以前设有儒租，凡考秀才者可以收儒租作为继续学习的费用。1986年后，德远堂创办张秋光教育基金和张荣汀奖学金教育基金，每年发放给品学兼优的中小学生及考上中专、大学的学生，勉励他们认真读书，成为国家栋梁，为祖国为人类做贡献。

造福桑梓

双溪交汇，三面环山，如撒开的网形大坝，财源广聚，代代有余。标宸公开基以来以农林业为生，至清乾隆嘉庆年间，人口增多，山高田少，被迫向外谋生。最先用甲板南渡的第15代新瑞公冒险出洋，后来络绎不绝，至今华侨遍布东南亚地区印尼、泰国、缅甸、菲律宾、新加坡，据不完全统计达万人之多。他们赤手立业，艰苦奋斗，成为富翁者代代不断。如第16代增锦、凤锦、承万、立昌、进隆、桂龙、桂万、振塘；第17代顺炉、善庆、顺畴、炎开、煜开；第18代荣汀、德朗、庆书、庆重、庆能、契煌；第19代承强、明财、奕聚、瑞智；第20代博仁、国清……其余小发达者举不胜举。

海外游子爱国爱家，略有节余则回乡创办事业，建楼筑屋，修桥筑路，开山种植，扶贫赈灾，办学资教，使土楼村庄面貌一新，村民安居乐业。

开山种植的有：荣汀公捐资发展茶业生产，自1947年开始发展至今有茶园八百多亩，年产量十多万公斤。家家户户以茶为业，做茶季节，茶香笼罩着整个村庄。

修桥筑路的有：华侨集资开通曲江至大坝公路，村中水泥路四通八达；明财集资捐建通湖洋坑的积兴路。奕聚捐资荣汀桥，德朗捐资积兴桥、标宸桥、光明桥、德远桥，庆重捐资八一桥、八二桥，瑞硕捐资辉煌桥，使村民过溪农耕十分方便。大坝村口村民为纪念荣汀公对家乡贡献，在桥中建荣汀亭，土楼村中增添了一道绚丽的风景。现大坝村民有摩托车八十多辆，小轿车两辆，农用车两辆。外出赶集市，上山下田，均以车代步，省时省力，十分方便。

1960年，国家受灾，缺粮饥荒，荣汀公慷慨解囊，联合庆类捐资救灾，派多人从海外押送油、糖、面粉、药物回乡赈济灾民。土楼村民饥者得食，病者得治，人人皆称其是“救命恩人”。

有华侨的大力支持，塔下村20世纪60年代就建起水电站，先在大路下建水平式电站，又在内新屋建冲击式电站。因发电量不足，而后在坪溪建冲击式水电站，供村民制茶及生活用电，丰水期还并网供应外地用电。村民家家户户都用机器制茶、电器煮饭，电视机、电冰箱、洗衣机、微波炉、电磁炉……样样俱备。真是实现生产机械化以及生活电气化的小康村。

心灵栖息的港湾

□ 江惠春

你是否曾想过，有这样的一个山清水秀、绿意盎然的环境，可以让你坐拥自然，看田园里芬芳草木，观状如鹅髻昂首的巨石，探奇险峻秀的雨林，领略幽长古道的百年老榕……当你走进南靖，你便会体验到这一切，一个有着良好自然生态的地方。南靖，旅游资源丰富，被誉为“中国古建筑奇葩”的土楼，列入《世界遗产名录》；坐落在南靖境内，世界上最大面积的“岩石上之原始森林”——鹅仙洞，也是虎伯寮国家级自然保护区最重要的保护部分，有福建省现存最长的古道——罗伦古道和被世界林业会议定为“珍贵稀有的亚热带雨林”的溪乐土雨林。

在南靖境内，美好的景致数不胜数。一路走过去，可以看到田野村居错落有致、依山傍水而建的古民居依然保持着原有的古朴风格，弥漫着一种沉稳的气息，一墙一瓦，无不透露着人们勤劳简朴的生活方式。这里无疑是个富有文化底蕴的村落，承载着历史记忆，满眼都是温暖的生活场景，那些祖辈流传下来的传统民俗，凝聚着浓浓的人文情怀。一座座蔬菜大棚整齐地排列在田地里，大棚内各类青翠欲滴的菜品引人注目。我们，应该怀着一种超物质层面的审美精神，细细观赏，慢慢揣摩，穿行在村庄的土地上，领略其历史悠久、山川毓秀的古韵。其自然和谐的景观与深厚的历史底蕴互相呼应，体现了人与自然和谐共存与发展的美好理想。

一个村庄，保留着这些处处可见的古迹，也造就了经久不衰的文化底蕴。古人诗句写道：“绿树村边合，青山郭外斜。”就是描绘美好的田园生活与美丽的自然风光交融在一起。当鹅仙洞景区与村庄相辅相成呈现在人们眼前时，缓缓展开的是一幅原生态的美丽画卷。金色的阳光照耀着山岩，倾泻而下的水流跳跃着，溅起朵朵涟漪，温润的山风轻轻拂过，风中夹杂着植被的芬芳，鸟儿清脆的鸣叫声声入耳，脚下的泥土松软芬芳。

在山里，阳光显得更为清澈透亮。绿树、青草、云雾就像班得瑞《梦花园》中一幅美丽的幻景，却又近在眼前，散发着浪漫的气息，有着最纯净的原色，从容闲适的情怀，由此而来。一条条水线如甘露般晶莹透亮，从岩石上往下流淌，“大珠小珠落玉盘”的景致莫过如此。据说每年春天，都有成千上万的蝴蝶来此，轻溅的溪水跳跃着飘洒在周围，宛若天女散花。溪边的树上，斑驳的树皮是久远的印迹。一条条藤条贴在树上，织成长长的藤网，缠缠绕绕上下垂挂，在清风中摇曳出婀娜多姿的风采，而时光，已流转。

传说，明成化年间状元罗伦自小饱读诗书，但屡考不中。有一年，他又晋京赴考，途中听说南靖鹅仙洞九鲤飞真观的仙祖极灵，就绕道来到此地祈梦。求神仙托个梦，预卜前程。罗伦叩头许愿：如果真能美梦成真，就修建一条从山下到庙前的路，让更多的人来朝拜。成化二年殿试，罗伦果真美梦成真，中

了状元，一时名震京师，于是有了罗伦古道。祈梦和筑道还愿的传说在此流传甚广，多处岩崖奇石上留有历代名人墨客的题刻。有了古人的祈梦之源，来此祈梦的大有人在，据说还挺灵验的。我们都有梦，也都希望好梦终会成真。在此寻梦，所求之兆，其实是心里的寄托。道路坎坷，寄托于梦境，希望圆一个美好之梦；内心彷徨，梦亦纷乱，乐观豁达，梦到的是光明坦荡的岁月。不管做的是什么梦，其实我们都在追寻生活的美好，梦的神秘让人们孜孜以求。鹅仙洞管护的老伯是当地的农民，天天清扫着石道上的垃圾，粗茶淡饭，唯有一腔质朴的情感和发自内心的信念，坚守着这片土地，虔诚执着地守护着鹅仙洞。炉子的火烧得红红的，米饭的清香飘散在空中，成就了一种永恒不变的画面。彼时的我们，又怎能不因生命中有这样不懈的坚守而感动。

同是虎伯寮国家级自然保护区的乐土雨林，目光所及，丰盛的植被层层环绕。上山的路径有一级级石道台阶可走，台阶两旁，满眼绿色扑面而来，浅碧葱茏的绿在身边萦绕，一股股清新润肺的芬芳在空气中流转，四周都被熏染上一层盎然的气息。形状各异的藤层层缭绕。有些沿途盘缠而上；有些藤叶铺满翠绿青油的色泽，如翡翠流金般璀璨夺目；更有些古藤表皮长满苔藓，形状似伏地盘绕的大蟒蛇，犹如静卧洞中修炼的“蛇精”。在雨林内，四面的喧

器，已经遥远。有的，是一种返璞归真的感觉。尤其是雨后的山林，只见云雾飘舞。远远看去，分不清是山立云中，还是云藏山中。风中带来泥土的清香气息，潮湿的青苔顺滑翠绿，这样难得一见的胜景，恍若人间仙境，给人带来宁静、超凡和脱俗的意境。俯仰天地，在左顾右盼中遥望山外青山和绿野阡陌，与自然亲切地交流，无所阻碍，无所顾忌，俗世的烦恼都可以置之度外。站在山林之间，站在凉风轻袭的高崖之上，面对山的博大胸怀，心变得纯净。如同一位被点醒的俗人，恍然有一种顿悟的山之隐士的感觉。

突然，就想做这么一位山之隐士，如同在雨林中，远处僻壤，举首入云，却依然居于俗世之中。凭借云雾老藤引人遐思，却永远无法彻底地遁形，隐士之隐，也许不是为了隐形，而是隐心吧？结庐于此，寄身于斯，惬意得如同古人，如同山中的神仙精灵。让心灵卓尔不群，或者，那只是一种可知而不可及的修为吧？乐土雨林，秀丽的水光山色与浓厚的历史文化，在这块土地上书写着属于自己的传奇。乐土村的人们，尽情享受这里的温婉生活，过着不急不缓的日子，守着日益沧桑的村落，聚集而居。

南靖的自然风貌、人水相依的文化生活图景处处可见，是弥足珍贵的境地。都市生活让人们与大自然疏远了，而南靖的自然生态是适宜生活的好地方。有生态，还有传承的方言。在当地，闽南语和客家方言是他们的特色，正是这些蕴藏和承载了深厚的历史文化精髓，让我们深切感受到了南靖深厚的人文底蕴。南靖一直承载优秀的地域文化和民俗文化，体现当地政府对生态文明的保护和关注，让人们在这样惬意的环境中，感受着大自然赠予的幸福感。

散淡虎伯寮

□ 黄荣才

虎伯寮是个好玩的地方。虎伯寮是个保护区，区域内有虎伯寮、乐土、鹅仙洞和紫荆山四个管护片，这是个区域的划分，行走的脚步没有明显的界定，可以随意散淡。我去过保护区多个地方，有的已经多次去过，比如紫荆山、鹅仙洞，无论哪个地方，植物众多就是明显的标志，各类植物，认识的没有几种，很容易目光就有了飘移的感觉。保护区内，活跃的各种动物，有的弱小，有的强大，同样的，相遇是缘，相识是分。既然不认识，也不刻意，就好像匆匆的人群中，有几个是熟悉的面孔？当所有的不再刻意，行走就自然轻松，也就没有负重前行，而是散淡，让脚步随意行走，尽情呼吸。有些东西，其实只是需要享受，而无须刨根问底。

紫荆山在南靖县城山城，从平和出发，二十多公里的路程，到了山城，往环城公路左手边一拐，就上山了。紫云寺在半山腰，周末的时候总是有不少香客，也有登山锻炼的。黄昏登上紫荆山，夕阳很好，让人有温馨的感觉。站在防火观察台，山峰在夕阳映照下，树木不是很清晰，有着巨大的气团笼罩一般。远处的山城，林立的房屋是另外一种景象，行走就有了从容的感觉，有风景，有生活，散淡，没有太多的明确。到了兵防寨，当年的主角已经隐退，没有了士兵的吆喝和行走，略显沧桑。抚摸着兵防寨的条石，有点凉。当一个地方纯属于风景，就多少有了凭吊的意味。龙井在另外一个地方，兴牌庙用大石块垒砌而成，宋朝至今，有多少故事依附其上，又淡然消失，都是正常，有的走了，有的留下，本身就是别无选择。雨仙洞、凤凰洞、一线天，紫荆山还有许多地方没有去，却没有期盼一次走遍的欲望，甚至什么时候去也没有强烈的冲动，既然选择散淡，既然讲究缘分，那就只需要等待。就像五峰叠翠、悬崖峭壁、奇山怪石、磨剑石、神龟背印、龙门崖、仙台、石屏天开的天门等景点，有的看了就是，有的看了也未必有感觉，风景在心，行走没有标准答案，只要能愉悦自己，就没有必要一定有掌声或者喝彩。谁也说不清楚，究竟是一草一木重要，或者一山一石重要？兵防寨给我的感觉就是墙上的那点凉，紫荆山给我印象深刻的就是那暮色，其实，这已足够。至于妙应禅师题刻的玄武听禅等历代名人墨客留下的摩崖石刻，或许在哪一次就触动我的心弦。

就像鹅仙洞，最初抵达我内心的是罗伦古道。将近30年前，我和鹅仙洞脚下金山的两名师范同学登上了鹅仙洞。纯粹的友情，同样简单的风景，让我对那次行走记忆深刻。至于以后的一次次行走，就是对这记忆的一次次描红，好像就是为了这痕迹清晰地存在。鹅仙洞

所在的山也叫鹅髻山，因为有两座山峰形状如鹅髻而得名。这两座山峰海拔都在八百多米，相距不到五十米，都是巨石构成。鹅髻山山腰上有座古庙，叫九鲤飞真观，有历史故事。相传宋仁宗庆历元年（1041），金山有个人叫郑光，他到仙游九鲤湖进香祈梦，梦见九仙对他说：九月九，九仙将结伴前往鹅髻山游览。于是郑光赶紧赶回家乡鹅髻山。果然，在九月九日见有九鹤飞舞于鹅仙洞上空。虔诚的郑光因为九仙显灵，开始募资建庙，这寺庙就是九鲤飞真观。传说不管真实，但总是美好的，而且为寺庙标注了来历。据乾隆版的《南靖县志》记载：“鹅髻山，距县北七十里，高峙盘踞，山头戴石起，顶形如老鹅头。乡人筑亭其上，祀九鲤湖仙，四方多求梦于此。”

或许因为“四方多求梦于此”，才有了罗伦古道的故事。罗伦是江西人，听闻九鲤飞真观祈梦很灵验，就慕名而来。江西到南靖，距离可谓遥远，九鲤飞真能让罗伦慕名而来，可以说声名远扬。另外一个角度，也是当年的科考不易，把自己的前程押在虚幻的祈梦当中，相信冥冥之中自有定数之外，也是一种辛酸和无奈。罗伦历尽辛苦，到了九鲤飞真观，在庙里住了九个晚上，但是没有梦，罗伦只好选择离开，离开的时候，心有不甘的他挥笔在墙上留诗：“千里求仙意甚虔，九宵无梦亦无眠。神仙不识人间事，罗伦此去不回还。”可以想象得出，罗伦掷笔而去的情形，姑且不说是否恼羞成怒，但带着愤愤不平或者虚度九宵的惆怅那是肯定的。如果罗伦没有回头，这情绪也许就终其一生影响着他，但很多事情，没有如果。到了半山腰，就是现在清代著名书法家、漳州人吴锜题写的摩崖石刻“定心处”的地方，突然雷声大作，罗伦这时候才发现雨伞忘记拿了，还留在寺庙之中。雨伞对于行人，重要性不言而喻，罗伦无法轻松地挥挥手，他只好返回。当他回到寺庙拿了雨伞的时候，发现墙壁上的诗已经变成“千里求仙意未虔，九宵无梦岂无眠？神仙尽识人间事，罗伦此去中状元。”罗伦的震惊可以想象，还有他的欣喜若狂。罗伦当即许愿，如果自己中了状元，肯定回来修建通往九鲤飞真的道路，事实上，罗伦金榜题名，他也兑现承诺，回来修建了从山下通往九鲤飞真的道路。道路都是用河中大鹅卵石砌筑而成，全程3800个台阶。走在罗伦古道，沿途树木带来的荫凉让行走不会有赶路的感觉，依然是一种散淡。

对罗伦古道特别有感情，不仅仅是罗伦，还因为罗伦的次子罗干。罗干是平和县的首任知县，当王阳明在明正德十三年（1518）奏请置设平和县的时候，罗伦的次子罗干就走出历史的帷幕，成为平和县的首任知县。当平和县置县的时候，朝廷来不及派遣知县，就由南靖县令施洋代管。到正德十四年，才派来罗干当知县，之前，罗干是宁德知县，因为“明信义，简词讼，抑豪强，以贤能调漳州平和县”。只不过，这首任知县上任不到一个月，就因病去世，道光版《平和县志》记载“未逾月，死于瘴”。尽管任期很短，但罗干的政声不错，“建县之始，百度为饬，干悉经理，胸中具有成画，盖将加意于斯民者”，于是，在罗干去世后，“民咸哀之”。

罗伦是明成化二年（1466）中了状元，去世于1478年，他在鹅仙洞题词是在他当状元之前，而罗干任平和县首任知县是41年后。历史，不胜嘘唏，但罗伦给鹅仙洞留下的传说，至今仍然引人入胜。

漫话“桥亭”

□ 庄火旺

梧宅位于南靖县船场镇北部的崇山峻岭中，周围绿色环绕，景色优美。梧宅有两条主要河流——梧宅溪和星光溪，两溪在西面山谷汇合后注入船场溪，溪谷里横跨着一座古老的小石拱桥——安济桥。安济桥长20米，宽4米，桥面距离谷底15米，由于安济桥上还建有两层楼房，远远看去就像一座亭子，所以当地人都称它“桥亭”。

桥亭哪年建成，有三种说法。一种说是建于唐代初期。梧宅世代流传着一个美丽动人的故事，故事中的男女主人公陈元光和白仙姑邂逅相逢就在桥亭上，陈元光的父亲陈政是唐高宗时一员大将，因此有人说桥亭建于唐初。另一种说法是建于明代万历年间。因为那时从南靖龙山经梧宅到奎洋的古驿道经过这里，桥上建屋子是供行人歇息的，而且桥两端的古驿道至今尚存，所以桥亭建于那个时候。不过，此种说法没有确切记载。第三种说法是建于清顺治二年（1645），这可从《南靖县文史资料》

第35辑中看到，此说法时间具体，可信度较高。我想，不管哪种说法，桥亭的存在时间至少有好几百年了，可谓历史悠久。

桥亭的独特之处除了桥上有楼房，既可通行又可住人外，建桥用的石块大小不一，整座桥都采用干砌，桥却十分牢固，令人称奇。据梧宅老人讲，历史上这里曾发生过地震，有民房倒塌，桥亭却安然无恙。还有，梧宅属于盆形地，曾多次连续大雨，河水暴涨，河中漂流的大石头、大木块撞击桥身，桥亭依然毫发未损。这也说明古人的建桥技术已达到很高水平。

桥亭一楼的墙体采用长石条砌成。东墙正中有一个一米见方的窗口，站在窗前眺望，梧宅全貌尽收眼底。桥两端大门宽畅，行人、牲畜通行无阻。楼内有木梯可上二楼，二楼西、南、北三面是土墙，东面采用木栅栏围成，高1.5米。楼上地面原是木板，十多年前，当地人出于安全考虑，集资把它改成水泥板。屋顶采用木檐瓦片配燕尾脊结构，各种雕刻绘画栩栩如生，令人赏心悦目。在过去很长时间，桥亭楼上一直成为外地人在梧宅谋生的住所。桥亭一楼建有小佛龛，里面供奉玄天上帝神像。据风水先生讲，这里是梧宅出水口，农村人重视风水，建桥和供奉神明有守财之意。此外，在桥亭北端附近还建有六角形的“当镜亭”，与桥亭相得益彰。当镜亭里供奉土地公神明，是梧宅庄氏族亲庆丰收时的祭祀场所。每年正月初二，族人在此杀猪宰羊敬神明，庆贺

一年丰收，祈盼来年风调雨顺，场面热闹。

桥亭与梧宅石门岩相距不过百米。20世纪90年代初，石门岩建成风景区，桥亭成为风景区三洞十八景之一。桥亭周围青山绿树，桥下筑坝拦水，桥亭倒映在水面，形成一道优美的景观。每当太阳西斜，落日的余晖照在桥亭上，美轮美奂。我在梧宅出生长大，“桥亭夕照”成为我对故乡最美风景记忆之一。

桥亭有许多历史故事。相传，古时候有位在梧宅教书的私塾先生年底回家，路过桥亭，看到这里风景秀丽，便停下来欣赏。这时，桥亭内正好有位衣衫褴褛的乞丐席地而坐，私塾先生从乞丐身旁走过时用不屑的眼光看了他一眼，心想：这里风景这么好，两个大门却没对联，很可惜。于是，他取出笔，在一个大门上写了一副对联：行人雨至心来急，坐客风生去意迟。写罢，私塾先生又朗读一遍，觉得不错。过了一会儿，乞丐从地上捡起木炭，在另一个大门写下这样一副对联：入有门出有门讨借无门，年易过节易过日食难过。私塾先生看了，惊讶连连，离开时给了乞丐几两银子，以示尊重。之后，私塾先生再没来梧宅教书。有人说私塾先生自认学问不如乞丐，在家潜心钻研学问。也有人说私塾先生觉得无脸面来这里教书，不敢来了。后来，梧宅人经常拿这个故事教育子女，要尊重他人，刻苦学习。

桥亭前面有块山坡地，当地人叫“桥亭埔”。桥亭埔以前怪石嶙峋，杂草丛生，人迹罕至。中华人民共和国成立前夕，这里发生过一场激烈战斗。当时，闽南游击队与土匪武装在此相遇，双方打了起来。土匪在国民党残余势力增援下人多势众，游击队只好边战边往石门岩山上后退，依靠石门岩山上纵横交错的石洞，部分游击队员得以幸存下来。石门岩风景区建立后不久的一个端阳节，参加过“桥亭埔激战”的六位幸存者战地重游，触景生情写下“少小投军闯树海，重阳佳节结伴来。问君壮志酬也未，满山遍野杜鹃开”的诗句。诗刻在桥亭北侧山坡的大石头上，供游人欣赏，缅怀。

桥亭是个有风景、有故事的地方，我忘不了它。

宜居之城

□ 郑燕惠

电影《云水谣》在南靖取景拍摄，或许拍摄时，他们也没想到，一部电影对一个地方带来的影响力之深。也正是这部电影，很多人慕名而来一睹云水谣的真容。其实，云水谣原名长教，位于漳州市南靖县境内，是一个风景秀美、有着悠久历史的古老村落。很多人都记得，在影片的背景里，百年老榕使得村落有着绵旧的味道，那是回忆的底色，永不褪色。长长的古道上有一排两层老式砖木结构房屋，印象至深的是水车，秋水的爱情，随着水车转啊转，百转千回，源源不断，一如云水谣的水，几十年如一日流淌着，没有停歇的时刻。

当太多的人沉浸在云水谣那则凄美的爱情故事里，于是长教便不再是长教，有了一个新的地名。名字是换过了，地方还是一样的地方，所有的景致还是一样的景致，却成了爱情的发源地。有了爱情的点缀，云水谣更美了，保持了完好的自然风貌。美丽景观云水谣，游览、拍摄、写生的人日益增多，

已成为旅游、美术和摄影爱好者等常往的地方。在云水谣，伴着古榕，走在悠长的古道，悠闲地看看云，听听风，那样的岁月，是可回味可怀念更是可向往的时光。

很多人因云水谣而识南靖，殊不知，云水谣仅仅是南靖的冰山一角。南靖土楼被列入《世界遗产名录》，前身则是唐朝陈元光开漳时的兵营、城堡和山寨建筑，是闽南地区“外寇之出入，蠢贼之内讧”的特殊社会环境下的产物，具有聚族而居、防盗、防震、防兽、防火、防潮、通风采光、冬暖夏凉等特点，是人类共同抵御外敌的最好壁垒，其中最具典型性的属“四菜一汤”和“东倒西歪”。“四菜一汤”是一方一椭三圆五座土楼组合而成的田螺坑土楼，为南靖土楼中最具特色及最具游览性的首选之地。国家文物局古建筑保护专家组组长罗哲文曾写诗赞美：“田螺坑畔土楼家，雾散云开映彩霞。俯视宛如花一朵，旁看神似布达拉。或云宇外飞来碟，亦说鲁班墨斗花。似此楼形世罕有，环球建苑一奇葩。” 联合国教科文组织顾问史蒂文斯·安德烈称田螺坑土楼群是“世界上独一无二神话般的山区建筑模式”。“东倒西歪”土楼是指古老的裕昌楼，具有几百年的历史。

四面八方的人们从各地赶来，在神奇的土楼面前不得不惊叹人类建筑的伟大构思。土楼，它无意炫耀自己的风采，一直为人们遮风避雨，其风采经过日复一日的见证，得以引起人们的惊叹与关注，而我对土楼的看法更亲切些。它的建筑被誉为世界民居建筑的奇葩，居住土楼的人们却是普通不过的村民，与世无争，聚集居住，共同抵御外来侵入者。因为生存简单，土楼留下了一段段温馨的家常岁月，他们赖以生存的家园，像日月一样与土楼同在。若干年以后，土楼以宏伟的身躯进入人们的世界，于是，历史翻开崭新的一幕。

一个地方能让人流连忘返，引起社会各界的关注，说到底，离不开历史、人文、生态环境以及人文环境，一座适宜居住的地方，会让我们的生活更加美好。南靖，是一个有历史、有文化、有故事的地方。这里的云水谣、土楼、兰花都是地方特色，反映一个地方的历史积淀。传承历史文脉，充分体现生态之美、城乡之美、人文之美，这正是南靖一直用心打造，并以此传承、保护、利用的优势。南靖，便捷的地理位置、生态环境与浓厚的艺术氛围、丰富的文化浸染，让前来观光的人们心灵受到洗礼，精神得到升华。

一方水土一方风情

□ 叶美玉

当一个地方成为人们为之向往的游览观光区，是不是就足以说明这个地方的生态优美，有着与其他地方不可比拟的优势。近些年来，四面八方的人们涌进南靖，有寻找云水谣的，有赏兰的，更多的就是为了一睹土楼的真容。不管初衷如何，他们的目的都是奔着南靖去，去寻找他们想象中的意境。

南靖是一个美丽的县，这里有名闻天下的“四菜一汤”土楼群，有民风淳朴的小镇，有秀丽雅致的兰花基地……太多的景致让一波又一波的人们前来寻梦。人们可以在兰花丛中随风起舞，可以在河岸边看阳光西斜，还可以在土楼的屋檐下听雨声叮当。想当初，云水谣的拍摄地南靖长教，一个很普通的名称，却因为秋水碧云的爱情而改名。为何电影《云水谣》的拍摄地改变一个地名？那是一段发生在20世纪60年代动荡背景下产生的爱情，男女主角最美的时光正是在云水谣，在云水谣美丽的风景里，留下两个男女爱的足迹。这段爱情跨越海峡、历经漫长的岁月，有古典的柔情，也有浓烈的悲怆至死不渝。当越来越多的人涌进云水谣，爱在苍茫云水间的传奇故事告诉情感世界日趋脆弱疏离的现代人：一往情深的爱真的存在，而且它应该成为人类栖居尘世最美好的诱因之一。

时至今日，不知是电影成就了云水谣，还是云水谣造就了爱的传奇，云水谣已经成为一个品牌，一份传奇，一个令人为之向往的旅游景区。人们为爱的脚步寻觅而来，南靖却为人们展开更为广阔的一面。

南靖兰花资源丰富，其中以墨兰、建兰、寒兰、春兰的品种最多，品质最佳，有着“中国兰花之乡”的美誉。兰花是中国传统名花，是以高洁和幽香著称的花卉，也被称之为百花之冠。它幽香清远，一枝在室，满屋飘香，古人赞曰“兰之香，盖一国”，故有“国香”的别称，古代也就有兰香能够催生祛病的传说。中国兰花神奇的香味，是世界上任何花香都无法比拟的，因兰花是珍贵的观赏植物。兰花的栽培技术尤其讲究，走进兰花基地，一片绿意盎然、生机勃勃的景象，一株株兰花竞相开放，散发出阵阵芳香。南靖有着大大小小的兰花培植基地，每一株兰花都在专业人员的精心整理下芬芳起来。品种众多，蝴蝶兰、春兰、建兰、大花蕙兰等，或浓或淡，或娇或艳，皆属兰花的真性情，卓尔不群，幽香阵阵，走近，皆陶醉在花香中……

兰花是花、香、叶“三美俱全”的花卉，世称岁寒三友的松、竹、梅，其中竹有节但无花，梅有花而无叶，松有

叶却无香，唯兰三者并有，独具四清。兰花与菊花、水仙、菖蒲，并称“花草四雅”， 兰花清香淡雅，菊花幽贞高雅，水仙娟丽素雅，菖蒲潇洒清雅。随着人们生活水平的改善，这里养兰、爱兰的人越来越多。在现代产业不断发展的情景之下，南靖举办的“花开天宫·兰香蒲趣”展就是一场极富文化内涵和促进经贸合作的盛会，展会集中了兰花菖蒲展、兰花菖蒲赛、“空谷幽兰·最美南靖”书法美术摄影展、“海上丝绸之路·东溪窑遗址”瓷器展、南靖特色产品展、南靖山城兰谷小镇研讨会、东溪窑国际学术研讨会、“世遗兰花·中国兰谷”之旅等一系列活动，集品赏、展销、旅游、商贸于一体，是一个“以花为媒、以花会友”，旨在做大做强兰花、菖蒲产业的盛会。

南靖有水有山，有花有楼，别具一格的人文地理，形成了众多优势和特色。明清时期的一处大规模外销瓷窑场，就在南靖龙山镇东溪窑。东溪窑有着悠久的历史，是海上丝绸之路——中国史迹的重要组成部分。它见证了南靖大陆文化与海洋文化相互融合的发展历史，留下大量弥足珍贵的文化遗产，也为南靖与海丝沿路国家的文化交流合作创造了很好的平台。2016年7月，南靖东溪窑遗址被国家文物局列为“海上丝绸之路·中国史迹”首批申遗点。

良好的生态环境是一个最大的特色，最重要的资源。利用得天独厚的地理优势，南靖积极发展生态经济，集历史主题、人文景观、休闲娱乐为一体的虎伯寮景区，不仅仅是吸引眼睛的绿色动力，也是南靖致力于建设生态良好、美丽乡村的优势。行走在南靖的土地上，风缓缓吹着，一草一木，一屋一檐，无不带着历史文化的印记。我们需要当代的审美文化，也需要保留传统的文化来传承经典和人文情怀，一如南靖，新的高楼不断涌起，对土楼的保护与传承的脚步也没有停下。土楼具有南靖人的智慧与浓郁的东方文化风韵，使得“世遗”观念深入人心，申遗不仅是对土楼建筑景观的保护，更重要的是对土楼文化的保护与传承。一方水土一方风情，在南靖，所有生态营造出有特色的乡土景观，即是南靖献给人们最好的礼物。

秋水堂抒怀

□ 张荣仁

秋水堂位于南靖县奎洋镇上洋村，始建于2006年6月，坐东北向西南，总建筑面积960平方米，为仿唐式建筑，无疑是南靖县一张响当当的文化名片。

站在秋水堂前眺望，但见殿顶层叠，飞檐翘脊，金黄色琉璃瓦在阳光照耀下熠熠闪光。整体建筑群，气势恢宏，壮观无比。主殿堂由60根大柱组成，通体红漆，隐喻庄亨阳享年60岁。殿堂内梁柱斗拱雕工精致，正殿中央为庄亨阳雕像，身穿清代服饰，头戴官帽，正襟危坐，高2.2米，宽1.05米，重1.5吨，由一根名贵樟木雕刻而成。

雕像两旁的屏风上，用优质木材镂刻的浮雕格外精致。左侧为“刻苦励志，廉洁勤政”，右侧为“造福百姓，科学贡献”，高度概括庄亨阳一生的高尚品格和突出贡献。雕像两旁还刻有题写的楹联“两袖清风廉太守，一泓秋水古徐州”，横批“品端行芳”，十分引

人注目。

水，在庄亨阳生命中具有特殊的意义。或许，当年庄亨阳曾站在故乡的屋前沉思或遐想，屋前一条清清的溪流……如今的南一水库，给了他回忆的支点：他想起了水患频繁的徐州，想起了溃堤决坝的沛县，想起了经常遭受水患的徐州民众……

乾隆七年，庄亨阳一到徐州就把解除水患对民生的威胁作为自己施政急务。他说“兴利贵在因时，除患务求探本”，他用了近半年的时间，“遍历河干，审察形势，访耆硕而咨官僚，早夜讲求，颇得其所以水患之由，及所以御水之法”。

在徐州三年，庄亨阳每次遇到水灾，都尽全力动员百姓抗灾救灾。黄河水冲决石林，沛县城危在旦夕，百姓人心惶恐，争相逃窜，庄亨阳驾起小船，率领百姓堵堤筑坝，连续七天七夜，终于保住沛县县城。

庄亨阳眼见水患给百姓带来的疾苦，心急如焚。他认为解决水患，“宜导而疏之”，主张蓄汇兼筹，在上游建水库蓄水，下游开渠泄洪，中游综合治理，因而必须开毛城铺天然减水闸，使黄河水南泄洪泽湖，徐州水患才能平息。开天然坝使得徐州上游的淮河水注入高、宝诸湖，上江的水患平息；开范公堤而注入海，则兴、盐、泰诸州的水患才能平息。庄亨阳在淮徐期间，组织民众修筑南四湖、黄淮堤防，扩大中小水库库容和修建金沟、境山等数十座水闸，以提高泄洪能力，并清理黄、沭、睢、汴等河道的沙障，拓宽运河的狭窄地段，解除了长期困扰徐州的水患问题。这项艰苦繁杂的民生工程，也是庄亨阳一生树口碑、立政声的政绩之一。

南靖是庄亨阳的家乡，历经几百年的风雨，南靖东溪窑，又从岁月中款款走向人们的视线。东溪窑陶瓷的烧造从宋代开始，历经元、明、清、民国等时期。遥想当年，郑和与王景弘同为下西洋船队的首席正使，他们是不是也把东溪窑瓷器作为“国礼”，随船运到东南亚各地，赠送南洋各国，深受当地王公贵族的喜爱呢？抚摸着考古学家挖掘出来的明代珍贵的青花瓷、酱釉瓷、绿釉瓷，遗址残留的墙角，长满青苔的青石板古道，无一不在诉说着时间的故事。

清朝政府的海禁政策，给福建沿海社会经济带来极大影响，进而影响南靖

东溪窑瓷器的出口。时任徐州知府、淮徐海道按察副使的庄亨阳，在《禁洋私议》中提出开放海禁，发展海外贸易的理念，闪烁着真知光芒，可见他对“放洋开禁”、发展国际贸易的贡献。

追寻海丝史迹，共筑东溪窑申报“海上丝绸之路·中国史迹”世界文化遗产的梦想时，我仿佛看见庄亨阳在沛县绵延数十里的长堤上查巡，在研究、思考治理水患的方案。

我只见白茫茫的一片湖水和天空合为一体，都分不清是水还是天。微风吹拂，湖面上掠过一阵碧绿的涟漪，湖水里，天光云影，尤其是岸边山峰的倒影，层层叠叠，恍若水墨画，让人流连，让人浮想联翩。我忽然想起当地流传的据说是庄亨阳作的歌谣：

水淹龟山寺，撞破蜘蛛丝。
相传廿四世，子孙要迁移。

奎洋，原称龟洋。时间倒退30年，这里还是一片荒山野岭，终年被云掩雾埋。这里的村民以土地为本，日出而作，日落而息，沿袭着古老的农耕文化，春播秋藏。直到上个世纪90年代，庄姓传至廿四世时，奎洋才在沉睡了千年之后，苏醒过来。

国家为治理漳州一带的水患问题，兴建了南一水库。南一水库高96.8米，坝顶长195.3米。总库容1.35亿立方米，主要任务是防洪为主，拦洪错峰，通过调节洪水控制下泄流量。它保护的对象是漳州市区、南靖县城及沿线部分乡镇，又是九龙江西溪上游及漳州饮用水源之一。

这首充满玄机、流传了两百多年的歌谣，终于得到神奇的验证。

《四库全书》记载：庄亨阳，清代著名的文学家、政治家和水利专家，为官清正廉明，恪尽职守，精通文史、诗书、天文、算数，博学多才，他编著的《秋水堂集》，内容涉猎广泛，篇末录有历法知识，曾进呈御览。我在纪念馆里徜徉，默默察看庄亨阳徐淮治水的一件件遗物，翻阅收入《四库全书》的《秋水堂集》，细细品味清人对庄亨阳的褒扬。“道南绝学追兰渚，江北高风忆吕梁”，满族知名人士爱新觉罗・雅尔哈善高度评价了庄亨阳的学识，镌刻在庄亨阳墓前的旗杆上；“君之生不怍于人，死不愧于天”， 是桐城派代表人物方苞为庄亨阳撰写的《墓志铭》；“平生不读宋儒书，见到先生信我粗。二月春风淮海有，一枝茂草孔陵无。道高转觉人情迫，星少方知月色孤。遥望铭旗徒洒泪，招魂难见九天巫”，是诗人、文学评论家、《随园诗话》作者袁枚为庄亨阳写的挽诗。吟咏着历史文化名人悼念庄亨阳的楹联诗赋，我深深被庄亨阳勤政为民、勤于吏治的精神所感动，被他博学多才、文理兼工的才学所折服！

走进秋水堂纪念馆，我的心灵仿佛经历了一次洗礼，灵魂被深深震撼。我的思绪翻飞，越过时空，与前贤对话……我终于明白，为什么把闽南第一水库称为“亨阳湖”了！

醉美树海瀑布

□ 宋阿芬

春光恰好，我们到树海瀑布一游。时值中午，太阳的光点在眼皮上跳跃，但不耀眼，心情也如同阳光，灿烂而明亮。一路上山风徐徐，车窗外的美景如万花筒般地扑入眼帘，翠竹绿树，青山茶园，小桥流水……小汽车在十弯八曲的山路上跳跃，快乐的心情也随之跃动，同车美女小方不断惊呼，真是激情四射。这时，窗外一排排从未见过的树不断撞击着我的眼球，树形优美，笔直挺秀，树塔尖尖。我好奇地问：哇，这是什么树？好漂亮！小方说：“哈哈，不要问我，在这里，我只认识竹子。”大家不约而同开怀一笑，在这莽莽苍苍的林海中确实难以分辨什么树木，更何况我们对树木了解甚少。

大约一小时的车程就来到了树海瀑布景区，映入眼帘的是景区大门的对联：“树深林茂峰耸会嘉宾，海阔天高瀑飞迎远客。”见其字，想其景。环顾四周，目之所及，方圆数百里的树木连绵不断，郁郁葱葱，密密层层，真是名副其实的“树海”。清凉的山风吹来，夹杂着野草芳香和树木独有的气味，在这天然的大“氧吧”中很是享受。如果紧闭双眼，深深地吸一口气，就能感觉一股清流从鼻孔钻入肺腑，神清气爽。

走进景区，沿着窄小的小石子路往前走。山路蜿蜒，路径不宽，右边的树木高高低低，错落有致，阳光透过重重叠叠的枝叶留下星星点点的日影。左边是汩汩的溪流，这溪水定是树海瀑布流下来的，那么清澈，那么碧绿。沿着溪流逆流而上，每走一步都有让你惊喜的风景，或怪石嶙峋，或茅屋忽现，或野花落叶……随着前行渐入佳境，生命何尝不是？到了，快到了，我们屏住呼吸，侧耳倾听，隐隐约约地听到哗哗的水声，我们索性脱下鞋子，快步前行。在转角处豁然开朗，湛蓝的天空，悠悠的白云，在蓊蓊郁郁的百里树海中跃出一帘瀑布，瀑布从山涧倾泻而下，气势恢宏，洁白如玉，仿佛巨大的白绸飘然而下，随后一波三折地顺着层层叠叠的山石四处流淌。溅起的层层浪花，远远望去如孔雀开屏，美丽壮观。这个春季雨水充沛，我们庆幸来得正是时候。水流纵横交错地溢满岩石，溅珠喷玉，景象万千，犹如一幅变幻无穷的动态画。我见瀑布多激情，料瀑布见我应如是。美女小罗、小芸等不停地尖叫呐喊，似乎只有这样才能表示内心的愉悦与刺激。我们拾级而上，只见瀑布磅礴而从容，凌空跃下，水流撞击着岩石飞溅起一朵朵水花，整个瀑布好似一个珍珠织成的屏障，在阳光照耀下闪耀着光芒。

水声震耳欲聋，犹如青山中冒出一支骑兵势不可挡。

我们的手脚已不听使唤了，个个蹚进水中，掬一捧清水，涤荡心灵；揽一缕清风，放逐思恋。水底的岩石都长满青苔，滑溜溜的，我和小惠手拉手寸步前移，每走一小段距离，就戏水嬉戏，驻足拍照。瀑布涧下形成了一汪墨绿的水潭，左侧水深潭绿就像无瑕的碧玉，在日光的照耀下粼粼烁烁。右侧水浅晶晶亮亮，看得见水底岩石的青苔及摇曳的水草。踩在光滑溜圆的岩石上，很自然地想起印度诗人泰戈尔的名句：“使卵石臻于完美的，并非锤的打击，而是水的且歌且舞。”我们不断前移，不断亲近瀑布，瀑布用纯洁、明亮、温暖有神的光芒照耀我们，我们用欢声笑语拥抱瀑布，和瀑布凝眸相视。满空撒着如雪如玉的水珠越来越多，整个瀑布笼罩在一片氤氤氲氲的水汽之中，如烟，如雾，亲吻着脸庞。水汽在顽皮飞动，粘在头发上睫毛上，很有美感。

在闽南这个小地方，这颇具规模的原生态瀑布，让人叹为观止。树海瀑布宽45米，高21米，虽不及有的瀑布闻名遐迩，但在我们心中，最美不过树海瀑布！她美得恰如其分，显示出的独特美感，不正像我们闽南的女子清秀可人、娴静优美吗？眼前翻腾的水浪，巨大的空响，在我看来，没有什么声音比这更加让人沉醉了，没有什么享受比这更加奢侈了！

登山则情满于山，观瀑则意溢于瀑，在这胜景天成的瀑布面前，你无法做到无动于衷。同事的女儿小暄正高声吟诵“飞流直下三千尺，疑是银河落九天”，连平时文静的美芸都手舞足蹈起来。是的，心情在瀑布声中放飞，生命在放飞中有了诗意，有了遐想，不由得想起金岳霖先生曾为才女林徽因写下的一副对联：一身诗意千寻瀑，万古人间四月天。转念而想，人生如瀑布，没有惊险的跳跃，生命就不会如此辉煌壮观。瀑布之美，瞬间即永恒。

醉美树海瀑布，生活最美不过诗意。原生活如瀑，激情常在，诗意永恒，飞扬绵长……

想把你写成一首歌

——寻梦树海瀑布

□ 林艳

一听到树海瀑布，就深深喜欢它。拥有这样美丽名字的它一定是个浪漫的地方，于是立即寻求“度娘”的帮助。树海瀑布位于南靖县船场镇下山村境内，属九龙江西溪水源头，被誉为“华东黄果树”。一张张图片上，一片原始森林深处，瀑布如虹，白练直挂，从苍莽的百里树海中跃出，注入一面深绿如魔镜的潭中。而如雪如玉的水珠，又在一片氤氲的水气中，散进茫茫树海……心动不如行动，我们立刻驱车赶往树海瀑布。一路山风徐徐，景色独好。青山绿野，劳作的村夫，纯朴的乡居，一切是那么淡然，一切又是那么美好，我们仿佛闯进大自然的画中，似幻似梦，如痴如醉。

“树深林茂峰耸会嘉宾，海阔天高瀑飞迎远客。”到了到了，景区门口，一副藏头对联快乐地迎接我们。品读着这副对联，树海瀑布的风貌尽在眼底。放眼望去，目之所及，方圆数百里内树木连绵不断，层层叠叠，郁郁葱葱，果真是名副其实的“树海”，天然的“氧吧”。想起老舍笔下的林海，“多少种绿颜色呀：深的，浅的，明的，暗的，绿得难以形容。恐怕只有画家才能描出这么多的绿颜色来呢！”这里何尝不是如此景象？正是盛夏，随着清凉的山风阵阵撩人心怀，这苍茫林海中迎面扑来一股苍翠树木独有的味道，令人神清气爽，大家不禁特别神往那道会飞的美丽白练。

沿着景区的小路行走，阳光调皮地跳过树叶落到我们头上、身上，星星点点的斑影给我们披上了金光，我们安静地享受这林中的一切。啁啾的小鸟，斑驳的光影，嶙峋的怪石，忽现的茅屋，步步都有惊喜。沿着山路有一条潺潺的小溪，溪水哗啦哗啦地往前冲，我们逆流而上，去寻找溪流的源头。

听，一股轰轰的水声，隐隐约约传来，然后越来越近，直至震耳欲聋。我们最后转过一道弯，啊，湛蓝的天空中洁白的云朵微微流着，绿茫茫的树海之间，一道宽阔的白练从峡谷上方飞流直下，水声响彻云霄，气势如虹，不禁浮想联翩：是织女剪下那纯洁的云朵，织成锦缎把它抛下人间吗？还是仙境里管花园的园丁一不留神，让白色的花海流到这里？一边遐想，一边欣赏。只见层层叠叠的山石令飞瀑四处流淌，层层水花溅起，如丝，如玉，阳光照上去，竟起一道七彩虹，迷蒙中却显绚丽。远远望去，又如孔雀开屏，蔚为壮观。周围的岩面与草丛当然都是湿润的，涧下一汪墨绿的水潭，波澜不惊，闪着粼粼微波，让人心醉，真想下水一游为快。在这闽南之地，看到如此壮观的瀑布，如此静美的水潭，同去的一行人忍不住尖叫着，呼喊着，仿佛不如此无法表达内心的喜悦。几个善于美拍者已经拿着手机录像、拍照，发到朋友圈分享此刻的心动。小孩们更是欣喜若狂，一下就踏入水中，玩起水来，衣服湿了也不管不顾。同去的朋友安和他的女儿已忍不住换了泳衣，扑进这清凉的水中。

我静静地望着这从天而降的瀑布，它仿佛已被扯成大小不一的几绺，不再

是一幅整齐而平滑的布。但若不是那巨大的响声，我更愿意相信是山头一位纯朴的织布姑娘正坐着织布，洁白无瑕的布从山上快速地流下来。然而瀑布似乎分外地响了，把自己变成了一位出色的音乐家，欢快地演奏着大自然的交响乐。瀑布从上面冲下，岩上的棱角令它急剧地撞击，便溅出飞花碎玉，雪白雪白，像一朵朵小小的茉莉，微雨般纷纷落着，在日光的照耀下闪着亮晶晶的光芒。多么美的景象啊！就这样静静地与它观望着，凝听它哗哗的心语，尘世的烦扰就这样被水流声哗啦啦冲走了，还你一个澄澈的世界。坐着坐着，一任凉丝丝的飞珠扑上火热的脸庞，薄薄的衣衫早已被打湿。訇然作响的瀑布声撞击着胸怀，仿若听到一首激昂的歌曲。只觉得胸膛在扩展，瀑布飞泻而进，涨涌起大自然的生机，心灵就像有一双张开的翅膀自由地飞翔。

当地一个村民看着我们惊喜的样子，告诉我们还可沿着瀑布左侧崎岖的小径爬到瀑布上方，那里别有洞天。我们带着探幽的心境往上追寻，只见在树海掩映之间，一条渐行渐缓的小小溪流，让你诧异气势磅礴的树海瀑布竟是从这里起源的，大自然的鬼斧神工常带给我们无限的惊喜。天上白云团团悠闲

地飘着，似乎伸手即可摘到。真有“行到水穷处，坐看云起时”的豁然境界。“山不在高，有仙则名；水不在深，有龙则灵。”一向喜欢山水，而树海瀑布的山清水秀更是让我心动，我心底的杂质顷刻间被这纯洁的灵水给冲得明彻干净。人活一辈子，能不能像这水一样清洁却包容不洁？能不能像这树一样扎根大地，把清新带给人间？我们生于万物间，追寻的不正是它们的境界吗？

“山中方一日，世上已千年。”我们还陶醉在美轮美奂的树海瀑布，朋友却笑着说：“心灵的陶冶足矣，该解决肚子的温饱问题了。”这才恍然觉得肚子咕咕叫。

“这里的土鸡、土鸭可美味了。”朋友的一番话，令我们仿佛闻到一股美味佳肴的清香。

我们来到山脚下，坐落于溪边的几间木屋里飘出阵阵热气，还有游客的欢声笑语，这就是农家菜馆。木屋的另一头是一座吊桥，通向对岸。小朋友们在吊桥上走来走去，不亦乐乎。桥下溪边，一群鸡、鸭悠闲地漫步，朋友说这就是这里的土鸡土鸭，平时放养在山上，养大了就带到这里，呼吸的是山里的空气，吃的是谷子、青草，味道可鲜美了。出外旅游除了景美，就是物美最令人回味。当一盘盘的菜肴端上来，诱人的香气、鲜美的味道诱惑我们拿起筷子大快朵颐。山里的东西果然新鲜又特别，笋、豆腐、鸡蛋都特别好吃，青菜更是水灵灵的。鸡肉和鸭肉被小朋友们一扫而空。老板骄傲地说这些菜、肉都是他们自己种自己养的。喝的水也是山泉水，自然的赠予。

多美好的家园啊！我走出木屋，望着青山绿水，不禁这么想。在城里群聚的日子，高声喧哗犹如浮云片片，我们多么需要也给灵魂松个绑，让它舒展腰脚，快乐地呼吸。

树海瀑布，你的水流声已融入我的心灵，你的水花溅起了我思想的碎片，你就是一首岁月的歌，如诉如恋。回去的日子里，回味你的美丽，梦里有你，让纷飞的思想沉淀，让生活瞬息简约。

南靖的兰花

□ 于燕青

说到南靖，也许让人想到的是土楼和云水谣，其实南靖的兰花也是闻名遐迩。当北国大地一派萧疏之时，南靖的兰花却是一派鼎盛，那么多的花卉企业、示范基地和花农家庭的兰圃里，兰花的开放姹紫嫣红，让这里风景独好。春节前夕我慕名而来，来到这有“兰水”古称的南靖县看兰花。在这里，我享用了一整片一整片兰花的美与兰花的香，像是心灵的沐浴。置身兰花的王国里，即使此前你有一颗怎样焦躁之心，或世事人情之累，或案牍劳烦，都在兰花之优美、兰香之清香中归于平静，神清气爽。我一直以为花草对人有着天然的安抚作用，兰花，这花中君子，这传统名花更是与人亲近和善的。

兰花有国兰和洋兰之分。洋兰花色艳丽，香气寡淡，国兰品貌高雅端秀，香气清雅怡人，所以我更偏爱国兰。国兰品种繁多，有春兰、建兰、墨兰、寒兰、莲瓣兰、蕙兰、春剑等，单建兰就有马耳兰、素心建兰、种建兰、金边建兰、银边素心建兰、线艺建兰、蝶瓣建兰、大叶建兰等。这几年来，南靖养兰人不断培育出受人喜爱的新品种，南靖人生活安逸，自有栽花赏花的闲情逸致。南靖，有耸翠的山峦，有清碧秀澈的九龙江，四季温湿宜人，雨水丰沛，素有花果之乡的美称，蕴藏着热带、亚热带、温带的各种野生花卉资源，这得天独厚的生态环境是各种花卉的天然大温室。南靖植被丰富，全县森林覆盖率达74%，有“树海”“竹洋”之称。南靖古称兰水县，也称“兰陵”，多么诗意的地名呀，乃因此地多出名兰佳品。南靖自古就是我国建兰、墨兰、寒兰的主产区之一，宋代，龙江(今漳州)人赵时庚就著有《金漳兰谱》，是我国第一部，也是世界最早的兰花专著了。亚热带雨林的野生植物繁茂，给野生兰花提供了生长的条件，南靖山林里就有很多墨兰，南靖野生兰花资源丰富，品种多品质优，有6大类，一千多个品种，尤以建兰（又叫秋兰）、墨兰、寒兰、春兰品系最多，是全国四大兰花原产地之一，也是东南亚地区最具特色的墨兰生产区。

兰花在这片土地上朝沐阳光，夜饮山露，多少清风朗月历练，灵气天香独自生，这是上天给予南靖土地的恩赐。一个新的机遇，要有好的政策扶持，县委、县政府出台优惠政策，支持鼓励农民发展兰花，为全县推广兰花种植新技术、新设备提供技术示范，创办了国兰示范场，花农们便放开手脚干，目前全县有二百多人创办家庭兰圃。花农种花养花从小打小闹的挑担卖花、占街为市，到现在集成规模和大面积栽培，有的一步步成为花卉企业家、花卉艺术家，令人感慨。中国农学会特产经济专业委员会还授予南靖县“中国兰花之乡”的光荣称号，1997年兰花被确定为

南靖县县花，南靖兰花多次在全国兰博会上获奖，南靖养花人以兰花为媒，交流文化，提高情趣，纤柔之花给人类带来了祝福。

然而，南靖人玩物不丧志，兰花在他们的巧手侍弄之下竞相争妍，不但使生活有了高雅的情趣，还让腰包也鼓起来了。兰花，这些花花草草委实让人不敢小觑，全县已有兰花种植 面积一千六百多亩，年销售量超亿元，浩浩荡荡的兰花大军是强劲的经济支柱，成为南靖县农业生产八大支柱产业之一和高优农业项目，让“南靖”这个地名永远浸漫在飘逸的兰花香里。

在兰圃里，我见识了建兰、墨兰的美，花色繁多，姹紫嫣红地开着，却是艳而不俗，于是新春佳节之时，案几上摆了一盆兰花，象征清雅高贵。然而，最吸引我的还是寒兰。寒兰是国兰的一种，为兰科兰属地生植物。假鳞茎狭卵球形，包藏于叶基之内，叶带形，薄革质，暗绿色，前部边缘常有细齿。花常为淡黄绿色而具淡黄色唇瓣，也有其他色泽，常有浓烈香气。花瓣常为狭卵形或卵状披针形；唇瓣近卵形；蕊柱稍向前弯曲，两侧有狭翅。蒴果狭椭圆形，长约4.5厘米，宽约1.8厘米。花期8至12月。寒兰凌寒开放，天气越冷花越香，这种意象一下子就让我想起梅花来，想到不屈不挠、不畏强暴的英雄品格。当园艺师把一盆素心寒兰挪到我的面前，我眼前一亮就爱上它了。素心，就是花被、花茎、苞片同一颜色，纯绿，素洁的，没有杂色的绿，看来我不仅爱它的意向，也爱它的品相。素心寒兰株型健美、秾纤适度，叶态飘逸，连花带叶皆青绿，多么素洁的花呀。我向来喜欢绿色的花，那淑女般洁净的花，花与叶同色，不张扬，却给人奇特和不事奢华的大美。它是清高的低调，带有点洁癖，不屑与百花争艳，不要绿叶的陪衬，似乎要借绿叶把自己的美遮掩起来，无奈天生丽质难自弃，反倒风助火势般地更助了那美和清雅。

国兰本身就是一种以香著称的名花，不属于花开艳丽一族，是一种懂得节制的花。我一直以为那些太过明艳的花，太过于注重外表的美，极尽所能地把心血耗费在此，顾不及香气，可见十全十美的花是没有的，人也是一样。在兰圃里，兰花香气馥逸清雅，阵阵袭来，我终于知道兰花的“国香”“天下第一香”之誉是名副其实的。我被兰花的香气陶醉，觉得孔子真是伟大的文学家，他的“王者香”三个字用得多么贴切，且一直被后人引用。国兰很像那些不事外表、却把精力放在工作家庭上的女人，她们多半是知识女性，宁愿花开得不那么艳丽，也要奉献出自己的香气，真是花品如人品，花能给人很深的寓意。一直以为法国梧桐有百叶窗的气味，优雅的，怀旧的，尤其当音乐从远处传来，有秋季的落叶抑或冬季的雪做背景；香樟树是令女人心仪的好男人，那铜皮铁骨非奶油小生可比，翡翠般的叶是他浓浓的真情；妖红的桃花在人们

心里是带些风骚的，让人想到色情，想起风尘女子，每年春天，还要与花癫联系在一起。而兰花寓意深远，不仅是高雅的观赏植物，历代圣人贤人文人骚客，多有赋诗或作画题词流传后世，在绘画方面多以国画表现，常与梅花、竹子、菊花画在一起，因为梅兰竹菊向来被誉为四君子。画兰之风兴起于宋代，宋宗室第十世孙赵孟坚是宋代著名画家，他的两幅春兰画卷真迹至今仍保存在北京故宫博物院内。据说宋亡后他隐居画兰以示清高，据说兰花从此成为忠贞的象征。还有关于兰花的诗纹，更是数不胜数：孔子有诗赞曰：“芝兰生于深林，不以无人而不芳，君子修道立德，不谓穷困而改节。”把兰花比作理想人格的化身，表达得淋漓尽致；屈原时楚国朝野崇尚兰花，宫苑内广植兰花，楚怀王给儿子起名“子兰”，屈原在《离骚》《九歌》《九章》等诗篇中，把兰比作美女、君子、贤人，可见兰花在楚国多么得人喜爱与尊崇。郑燮的《高山幽兰》：“千古幽贞是此花，不求闻达只烟霞……”我很喜欢“幽贞”二字，意象甚好。孙克弘的诗句：“空谷有佳人，倏然抱幽独……”其中的“幽独”我也喜爱，还有刘伯温的“幽兰花，为谁好，露冷风清香自老”，句句绝妙。咏兰诗让兰花享有了独特的兰花文化。但我最喜欢的还是薛网的诗：“我爱幽兰异众芳，不将颜色媚春阳。西风寒露深林下，任是无人也自香。”就是因为“异众芳”三个字，把兰花的香与其他花香分别出来了，意境高远。

兰之韵

□ 陈慧颖

始自子称王子香，空谷幽兰天下芳。莳养数盆显神韵，引我诗情读华章。

——引子

“转眼秋天到，移兰入暖房。朝朝频顾惜，夜夜不相忘。期待春花开，能将夙愿尝。满庭花簇簇，添得许多香……”一首经典民谣《兰花草》家喻户晓，歌曲运用最朴实的语句，没有华丽的辞藻，却那么轻易地奏出了作者对于兰花草的喜爱。孩提时的我不断传唱着，对兰草也增添了几份喜欢。

兰花是我国传统的十大名花之一，与梅、竹、菊并称为花中四君子，它株型典雅、芳香四溢，享有“花中君子”“王者香”“天下第一香”的美名，也因其兼色、香、姿于一身，而被看作是完美人格的象征。

兰，以其花姿优雅和品格高洁，博得了人们的青睐。历代丹青妙手为之泼墨挥毫，世上的文人墨客也争相为其吟

咏。春秋时期，文化先师孔子说“芝兰生于深林，不以无人而不芳，君子修道立德，不谓穷困而改节。”还将兰称之为“王者之香”；唐代诗人李白写“幽兰香风远，雅桂甜雨近”。这足以证明兰花在历史文化中所占据的重要地位。

我与兰花有很深的情愫，小时候自己栽种过兰草，参加过镇里举办的兰花文化节，每逢新春喜事，都和爸爸去花市采购几盆兰花。我将花摆放在家中，整整一个月，客厅总弥漫着一股淡淡的幽香，只要家里来客人，他们的目光就自然而然落在这些花朵上，还不忘讲几句赞美的话。

作为中国建兰、墨兰等兰花的主产区之一，南靖与兰花结缘。这座小城自古就因多出名兰佳品而被称之为“兰陵”“兰水”，在1999年被中国农学会特产经济专业委员会授予“中国兰花之乡”称号。中国兰花协会会长、原农业部部长何康视察南靖时，曾挥毫称赞：“南靖山水秀，幽谷佳兰香。”

提到南靖，不得不说它拥有得天独厚的自然条件：山多林密，土壤肥沃，气候温和，无霜期长，雨量充沛，是一个天然的兰花生产园，其出产的兰花品种繁多，品质优良，深爱国内外兰花界的喜爱。

早在明清至民国时期，南靖花农就将野生兰花移植到庭院栽种，还没有形成产业化种植。20世纪90年代末，一批眼光独到的台商发现了南靖这块风水宝地，纷纷来此兴办兰花企业。台商洪先生、张先生创办的详铭花艺场和瑞德兰园，拉开了闽台合作的序幕，如今已有十多家台资企业进驻南靖。他们把台湾引进的兰花品种与当地兰花杂交，又提供技术和设备支持，培育出更多优质的兰花品种，将南靖特色兰花产业推向规模化、市场化。

近年来，南靖县政府十分重视兰花资源的保护和开发，确定兰花为县花，提出打造“世遗土楼，中国兰谷”的发展思路，把兰花列为高优农业产业项目，以优惠的政策鼓励农民发展种植兰花，通过送花参展、举办兰花节等，建立福建省首个兰花市场，并指导兰农开辟“网上兰铺”，承接各地订单，拓展销售渠道，打响南靖兰花品牌。

南靖兰花有独特的韵味、高雅的气质以及沁人心脾的芳香，如果你来南靖观光，一定要到兰花园欣赏这“花中君子”的芳容。我敢打赌，你会迷恋上它，为它的优雅、它的曼妙所折服。

花如人生，人亦如花。我喜欢兰花，因为它有与生俱来的清丽脱俗的风韵，不以境寂而色逊，不因谷空而貌衰。岁月静好，花开花落间，愿我们世人都能像兰花一样，在平凡中开放，在阳光下成长，在幸福中生活。

司花者

□ 魏民

在南靖丰田的一个兰花基地，我们与兰花“大咖”、公司总经理张先生交谈。

他侃侃而谈，“到过漳州或未到过漳州的人，一定都知道漳州有个‘三宝’：八宝印泥、水仙花与片仔癀。那八宝印泥，冬不凝固，夏不吐油，用于印章，‘入水经火永不褪色’，品牌响当当的，是漳州的骄傲；水仙花，凌波仙子，是漳州的名片；而片仔癀，是名贵的中成药，家喻户晓。在漳州，还有扬名世界的5A级景区——南靖土楼。”

说到这里，他话锋一转：“但也许很多人不知道，在美丽的土楼故里南靖，还出产兰花。南靖的县花，就是德配君子的兰花！1998年10月，南靖县被中国农学会特产经济专业委员会授予‘中国兰花之乡’称号。时任农业部部长、全国花卉协会会长的何康，在南靖视察时，还欣然题写‘南靖山水秀，幽谷佳兰香’，这是多大的荣耀啊！”

张先生西装笔挺、皮鞋油亮，他带我们参观他的兰花园地。兰花一百多亩，投资四千八百多万元，都是大棚栽植。大棚内，骄阳、维多、皇冠、香妃等红掌新品种争先吐艳，建兰、墨兰、春兰等兰花优良品种幽香淡雅，一排排花架上，又细又长的兰花叶子，青葱翠绿，一条条叶脉清晰可见，显得那么坚强和有生命力，绿油油的，长势喜人。兰花花蕊微小，色彩淡雅，花香幽静而清淡，冷艳而芬芳，微风吹拂，幽幽的馨香沁人心脾。“与善人居，如入芝兰之室，久而不闻其香，即与之化矣。”身临其境，耳边忽然响起古人的名言警句，是那么的耐人咀嚼！

在展示厅，张先生如数家珍似的向我们讲解：“南靖兰花在中国兰界享有盛誉。”他指着道，“看，这是矮种墨兰，那是山采达摩、叶艺墨兰、晶艺墨兰、奇花墨兰、山城绿，这是四季开心建兰、奇花建兰、素心中华寒兰、春兰出土香等珍稀品种。”

“全国各地兰痴们，对珍稀品种，都不惜重金求购呢！在1999年元月举行的南靖县首届兰花节上，我的一株‘水晶墨兰’，造型奇特，花色墨黑又别具奇趣，是百年难遇的珍稀品种，最后被广东客商以26万元之巨抢拍成功，创下当时南靖兰花售价最高的纪录！”说完，张先生自豪地笑了！但我察觉，在他的笑容中又隐隐的透出一丝莫名的感伤。

旁边的老蔡悄悄告诉我：“你听说过我们县里的‘兰花张’吗？”

我说：“知道。”

老蔡说：“‘兰花张’就是他的父亲！”

我愕然，朝张先生端详了一会，似乎从中发现了他们相似的东西。

“兰花张”，我当然知道那个叫“兰花张”的故事。他是南靖县南坑镇人。30年前，他时常戴着一顶破旧斗笠，荷着一把锄头，锄柄上晃荡着捆绑的蛇皮袋，出没在高山密林、深谷山涧中，采挖兰花，出售给客商。他是南坑镇采野生兰花的先行者，也是挖到第一桶金的人。在他带动下，一群村民纷纷上山开始“淘金”。当大家闹哄哄上山

时，“兰花张”悄悄下山开始了“经济转型”。他在自家屋前的坪地上，摆一张旧桌子，当起了兰花贩子，收购村民采挖的野生兰花，而后成批成批地转售给全国各地的客商。

后来，一些村人也学起“兰花张”，做起了兰花贩子。竞争的人多了，生意自然大不如前，我们的“兰花张”，又做出了令大家“拍案惊奇”的举动：他的十几亩责任水田，不再种植水稻了，而是全部排干水，挖成一畦畦，种植起了兰花。“兰花张”，自然成了南靖县第一个吃螃蟹的人——兰花专业户。

想想那时候，“兰花张”多风光啊，成天大报小报的记者围着他，成天“长枪短炮”对着他，乡里的广播，县里的电视，总少不了他憨厚的笑脸，当然，手里必定捧着一盆淡雅的兰花！

老蔡见我出神地想着什么，轻轻碰了我一下，说：“那株26万的‘水晶墨兰’故事，你知道吗？”我一愣，老蔡说：“那是‘兰花张’最得意的杰作，也是他生命的绝唱！”

我的心猛地一咯噔，老蔡接着悄悄说：“1998年的某一天，‘兰花张’荷锄上山，在一处高山峡谷，他眼睛忽然一亮，发现一株珍稀的兰花：花，水灵灵的，晶莹剔透，造型又十分的奇特美观，而颜色竟是黑的，像一颗美丽的珍珠，更像一位尊贵的皇后！他小心翼翼地攀爬，又小心翼翼地采挖。啊，终于成功采出了！就在此时，他一脚踩空，从高处跌落……”

老蔡瞧了瞧我，又暗暗瞥了一眼张先生，说，“‘兰花张’最终不治逝世，而那株珍贵的兰花，就是‘水晶墨兰’！”

老蔡接着说：“‘兰花张’离世后，张先生继承父亲的遗志，继续耕耘兰花圃，他把生意做得红红火火。在一次与台湾客商做生意时，台湾客商向他建言改进落后的种植技术，建议他到台湾参观学习，采用现代先进的喷灌管理与小石子盆栽。这一技术革命，让他的效益发生了翻天覆地的变化！后来，他又把兰花基地搬迁到交通便捷的丰田镇，并成立了公司。”

兰花圃旁边有一栋高档的洋楼，那是张先生公司办公的地方。走进公司，只见几个年轻的员工在电脑前忙忙碌碌。张先生说：“随着互联网时代的到来，电商改变了传统的销售渠道。你看，短短的两天时间，北京、上海、广州等地的采购商就跟我交易一百五 十多万元。如今我只要坐在家中，全国各地采购商就上门采购，无须花费大量时间去做售前推广和售后服务。还有一位从上海赶来的客商，一次性刷卡近百万元，就为了购买我的‘海归峰巧’，那是我以前从台湾一一引进培育的珍奇兰花品种。”

张先生说：“当然，必要的推介还是要的。看，这是我们为南靖县第八届兰花菖蒲展准备的！“

室内，一盆盆奇花异草，正散发着沁人的幽香。

王者之香香悠远

□ 野洋

兰，与炎黄世胄有着悠久的渊源，其根植于华夏可溯源数千载。从春秋时孔夫子自卫适鲁，作《猗兰操》誉兰为“王者之香”后，咏兰诗词曲赋画作便在文人笔端汩汩流淌不绝，绵绵传承不息，屈原佩兰、勾践植兰、羲之摹兰的故事至今传承不衰。

“兰，香草也”，这是《说文解字》对兰的解释。兰，多生长在人迹罕至、飞禽走兽出没的深山幽谷之中，尽管饱经风霜却绿叶常在，姿态高雅且别致，气味幽香又静谧。它寸心不大，却能容得郁香，幽香绵绵，有隐士与世无争的气质，君子高洁隐逸的风范。《孔子家语》说：“芝兰生于深林，不以无人而不芳；君子修道立德，不谓穷困而改节。”这是孔子回答子路的一段话，当时孔子受困，断粮七日。孔子以兰的特性和生长习性，来比喻自己不因贫穷而动摇志向，不因得失荣辱而改变信念，不遇于时而自抱坚贞。

有的人嗜好风神洒落，骨骼清瘦，姿影横斜，暗香浮动，独步早春而不同于寻常花木之梅；有的人酷爱坚贞可配松柏，劲挺可凌霜雪，消瘦可伴寒风，淡泊可拒蜂蝶，高节可入云霄之竹；有的人钟情傲睨霜露，秀发东篱，如幽人韵士，虽寂寥荒寒，仍不改其乐之菊；有的人笃爱出淤泥而不染，濯清涟而不妖之莲，而我独爱不与群芳争艳，即使无人欣赏，也依然含苞吐露之兰。

《兰花草》之歌，我屡听不厌；咏兰诗文曲赋，我屡读不倦……几回回，我钻进汗牛充栋的古典旧籍书堆里，寻觅先贤为兰点墨的诗词曲赋。战国屈原“绿叶兮素华，芳菲菲兮袭予……秋兰兮青青，绿叶兮紫茎”；唐人释无可“兰色结春光，氛氲掩众芳”；韩愈“兰之猗猗，扬扬其香”；宋人苏东坡“时闻风露香，蓬艾深不见”；杨万里“健碧缤缤叶，斑红浅浅芳”。咏兰丽句，我品读得如痴如醉，拍手称妙。而明人徐渭“醉抹醒涂总是春，百花枝上掇精神。自从画得湘兰后，更不闲题与俗人”，清人高明“芳菲香气动吟毫，疑是湘君下汉皋。争奈幽芳多惹怨，于今不忍读离骚”的颂兰佳篇，我咀嚼得口齿生香，思绪飘逸。

诗人对兰情有独钟，丹青妙手也不甘示弱。宋代赵孟坚的《墨兰图》，笔调劲利，笔意绵绵，画出了兰的潇洒姿态，也画出了自己的超逸情怀。清代郑板桥更是留下大量的兰画作，也写下许多题兰诗作，他画中的兰，高洁舒朗，经风霜不褪色，凌严寒不凋谢；他诗中的兰，则隐逸脱俗，有如其人，不落世俗，正如他所说“一竹一兰一石，有节有香有骨”一样。

泱泱文明古国，爱兰者岂止文人墨客，丹青妙手？叱咤风云之将，驰骋沙场之帅，嗜兰者有之。清代名将左宗棠题“新塍吟花逸史”；元帅陈毅作《幽兰》诗：“幽兰在山谷，本自无人识。只为馨香重，求者遍山隅。”一代君王为兰作诗，也不乏其人。唐皇李世民就写有一首《芳兰》诗：“春晖开紫苑，淑景媚兰场。映庭含浅色，凝露泫浮光。日丽参差影，风传轻重香。会须君子折，佩里作芬芳。”清帝爱新觉罗·玄烨作有一阕《咏幽兰》诗：“婀

娜花姿碧叶长，风来难隐谷中香。不因纫取堪为佩，纵使无人亦自香。”自古以来，爱兰者大都将君子比德于兰。

南靖，是中国兰花之乡、兰文化历史悠久之地。南靖之花，坊间有传说，故事一是“兰花催生”。传说清朝嘉庆年间，一年中秋，皇后分娩时难产，太医们用尽催生丹也未能奏效。此时皇上十分着急，刚好一位官员贡上一盆素心建兰，清香四溢，使人神清气爽，还说兰香有催生之效。皇上令太监将盆兰送入皇后卧室。没料到，皇后一闻兰香，精神倍增，心神安定，舒展了身躯，放松了肌肉，猛吸一口兰香，随口赞“好香啊”，呼吸吐纳间，皇子降生了。母子平安，皇上龙颜大悦，问献兰人是什么花，献兰人答道“鱼兰”（《金漳兰谱》有记载），而且说是福建南靖与龙岩交界处一个名叫李邹春种植的兰花。不久，皇上就御赐鱼兰为“玉沉大贡”，献兰官员连升三级，封植兰人李邹春为进宝状元。南靖民间确实有女人怀孕时，家人习惯在庭院、墙头种养几盆素心兰，除了相信兰香有催生之效外，还因为“兰”与“男”近音，期盼能如愿生个胖乎乎的男孩，传宗接代。

故事二为“兰花避邪祛病”。传闻南靖与龙岩交界的偏远山村奎洋光祠村，民国初期周边发生了严重瘟疫，村民陈尸遍乡野，有的家庭甚至绝户，惨不忍睹，唯独光祠村家家平安。后来，县衙官员到光祠村巡查，发现光祠村山清水秀，阵阵幽香扑鼻，家家庭院内外都摆满了兰花。光祠村人在庭院植兰辟邪祛病，一瞬间在坊间传开，房前屋后种植兰花的人日渐增多，以至至今养兰成为习俗。

古时南靖，邑、城以“兰”名，择“兰水”为县名，取“兰陵”为城名。南靖盆植兰可上溯宋朝，清《南靖县志》刊有邑人王茂宋所作《素心兰赋》一文，如今，南靖以兰花为县花，南靖人张金生作词、谢崇山作曲的《兰花颂》，广为传唱，还有冠于“兰”字的街道、桥梁、广场，如县城有兰陵路、兰陵桥、兰陵广场、兰陵小区。南靖境内多山川，气候温和，雨量充沛，土质肥沃，宜兰生长，南靖兰花在中国兰界享有盛誉，有矮种墨兰、山采达摩、叶艺墨兰、晶艺墨兰、奇花墨兰、山城绿、四季开心建兰、奇花建兰、素心中华寒兰、春兰出土香等珍稀品种。南靖人有双巧手，兰花经过南靖人一拨弄就成为精品，1999年1月举行的南靖县首届兰花节，广东一位客商26万元重金购买一株“下山水晶墨兰”，创下南靖兰花最高售价记录，至今尚未有人打破。1995年，南靖兰花在福建省迎春花卉展览会上荣获集体一等奖；1996年，南靖兰花在汕头市举办的“全国第六届兰花博览会”上再获殊荣，摘下二银三铜五块奖牌；1997年，南靖县兰花协会在台北举办南靖·台北兰花展览会，有五省22县的兰友参加了这次展览会，南靖80多盆下山兰分获金、银、铜奖……

今年南靖有一大喜讯传遍大江南北，南靖兰花搭载“天宫二号”，首次进行太空育种。福建林业科技试验中心专家介绍，兰花太空育种就是将精选优质兰花果荚送入太空，让宇宙辐射、高真空、微重力等太空环境作用于兰花种子的染色体结构调整，推动种子基因变异，再经实验室组培以达到兰花品种变异，相比常规育种，太空育种蕴含了更多的基因变异可能性，有望培育出花期更长，花朵更艳，更大、更奇、更香的兰花新品种。

如今，南靖兰花种植面积三千二百多亩，年产兰花六千多万株，组培兰花苗200万株，是全省种植规模最大的兰花集散地。位于丰田镇219国道旁和县城四公里的兰花园，是我的常往之地，园内上百品种，上千万株兰花，四季恣情任性怒放，让人目不暇接，满园花香四溢，沁人心脾，摄人心魄。我不是自作多情，也并非异想天开，每每徜徉兰园，总觉得不是在品兰赏韵，而是与圣洁灵动、楚楚撩人的丽人相会。

亘古以来，诗人喜以兰吟诗，画家乐以兰作画。南靖人精于植兰，谁说“一花独放不是春，百花齐放春满园”？南靖，以兰一花独秀，兰花美了南靖人的生活，香了南靖人的日子。

与梅同疏，与兰同芳，与竹同谦，与菊同野，与莲同洁，乃人的至高境界。欲想达到这样的境界，对许多人而言是件难事，但是，与兰同芳，对众人而言该不是难事，至少南靖人做到了。

我从山中来

□ 苏水梅

一位贤者看到穷山辟谷中，兰花漫山遍野盛开，见物生情，发出了“习习谷风，以阴以雨。之子于归，远送于野。何彼苍天，不得其所。逍遥九州，无所定处。世人暗蔽，不知贤者。年纪逝迈，一身将老”的感叹。他在感叹之余，从兰花的“不以无人而不芳”中受到启发，认识到“君子修道立德，不谓穷困而改节”，从而调整自己的心态，肯定自己的所作所为，以“不知老之将至”的勤勉态度，潜心教育与研究，创立了儒家学派。不错，他就是被后人誉为“万世师表”的孔老夫子，誉兰花为“王者香”，以兰花喻“善人”“君子”，常以兰花的无私品德教育弟子。《孔子家语》中有孔子和曾子关于兰的

一段对话："与善人居，如入芝兰之室，久而不闻其香，即与之化矣；与不善人居，如入鲍鱼之肆，久而不闻其臭，亦与之化矣。丹之所藏者赤，漆之所藏者黑。是以君子必慎其所与处者焉。" 这些话语体现了孔子的智性，在赞兰的同时说出了"近朱者赤，近墨者黑"的道理。

伟大爱国诗人屈原也对兰花情有独钟，写下了许多关于兰花的诗句，有喜爱兰花的朋友把屈原比喻成"种兰大户"，我觉得颇为有趣。"杂申椒与菌桂兮，岂维纫夫蕙茝"，诗人问，那些喜欢申椒、菌桂的人，哪里比得上佩带蕙茝的人？结果是显而易见的，人品比什么都重要；"时暧暧其将罢兮，结幽兰而延伫"，屈原在暖日落下的黄昏时分，轻轻抚摸着幽兰，久久伫立，可以窥见诗人一颗爱惜人才的心；又比如"户服艾以盈要兮，谓幽兰其不可佩""余既滋兰之九畹兮，又树蕙之百亩"和《离骚》中"兰芷变而不芳兮，荃蕙化而为茅"。兰、芷、荃、蕙本是香草，可有的不芳，有的变为恶草。众所周知，诗人屈原的《离骚》吸收了楚国方言，包含丰富的内容，语言精练，诗人以香草比喻品质的高洁，兰花也成为象征高洁的固定意象。

走进山城，处处能感受到兰花的幽香，众多的兰花种植基地，大量的兰花从业人员，更多的是兰花爱好者。只要你懂兰花，你就与山城人有了共同的话

题。大泽花卉有限公司的兰花圃里，有一位俊朗的年轻人正在忙碌着，我过去和他聊了起来。他说：“一般两年要进行一次这样的换盆栽种，原来的盆子太小了。兰花在培养中要不断进行修剪，老叶枯黄时应及时剪去，保证通风，有些叶子的叶尖干枯也要剪除，有病虫害的叶片需及时清除，才不会传染。名贵兰花花芽出土之后，如花芽太多，应留壮芽，将其余瘦小的花芽除去，每盆留一两朵花芽就可以。如果花芽太多，不但花开不好，过多消耗母本养分还会影响明年开花。”小伙子还告诉我，他的岳父养兰三十多年，积累了丰富的经验，每年兰花的收益还不错。我听得津津有味，不禁为他的热情和用心点赞。

在四公里花卉长廊的兰坑兰花有限公司，接待我们的是张森苗董事长。可以看出老张是位爱兰之人，是个懂行的人。1992年老张率先在南靖创办兰花培育与经营企业，现主要经营下山新品、奇花、奇叶、矮种、叶艺等传统品种。老张的园子朴素而雅致，高高低低的花盆，大大小小的兰花姿态万千，精品展示区的几百盆兰花竞相开放，香气四溢。有的盆上贴着“已出售”的标签，两位妇女正在忙着打包、装箱。老张带着我们参观各种科属的兰花，那一盆盆兰花像一个个惹人怜爱的小孩，有“台北小姐”“土楼红美人”“春剑奇花”“线艺观音素”“跳舞兰”等，红的、白的、黄的，直看得人眼花缭乱。老张告诉我们：兰花要经过反复的筛选和培养，精心地照顾，才能不断出新品种。野生兰花是喜荫植物，多生长在茂林修竹下，由于丛林遮挡了强烈的阳光照

射，使兰花喜阴畏阳，但阳光又是兰花生长不可缺少的，因为阳光是兰花制造养分的来源，又是叶绿素形成的必要条件。兰花从叶绿体的形成、气孔的开闭、养分和水分的吸收、细胞质的增生、花芽的形成以及有机物制造、酿蜜、放香等生命活动新陈代谢等基本生理过程中，处处都受光照的影响。

“清明前后可让兰花多晒太阳，促使发根，多发叶芽；白露以后，天气转凉，新草大多长成，亦可多照阳光，促使花蕾饱满，使兰株积蓄更多养分，以利来年生长。阳光照射时间长短，直接影响到兰花生长，阳光照射多，兰叶较黄，兰根发达，健花。反之，则兰叶深绿，根系不发达，不易起花。”“我们的兰花长廊有4公里长，面积近200亩。”老张说，“依托土楼旅游，花卉长廊也逐渐走向规模化和产业化生产，他有信心把兰花生意做得一年比一年好。”在南靖，和花农进行一番交谈之后，你可以深深体会到兰文化的博大精深，种植者信手拈来关于孔子赞兰、屈原爱兰、朱德咏兰的故事，让你体会到浸润在兰花文化里的美好与惬意，情感的触须拨动了柔柔的、绿绿的、绵绵的乡情，摩挲、赏玩的目光无法移开。莳兰者气定神闲，一举手一投足的气韵，不禁使你感叹兰花对人的品性有着“润物细无声”的作用。

随着爱兰、养兰、品兰的人越来越多，新建的兰棚不断涌现，养好兰种好

兰成了大家的共识。南靖县已形成国兰洋兰并进，科研生产并举，精品大众并存，外商农民并种的生产格局，兰花种植面积3200亩，主要分布在山城、丰田、南坑、船场等镇，有南坑镇村雅村、南高村、南坑村3个兰花村和山城四公里、丰田兰花市场、省林业科技中心三个兰花示范园，全县兰花从业人一万三千多人。丰田兰花市场、四公里兰花市场之后，又投资600万元完成凤翔兰花之都第一期1.5万平方米兰花商铺建设， 第二、第三期项目正在规划设计当中。

南靖县自古就因多出名兰佳品而被称为“兰陵”“兰水”，境内山多林密，土壤肥沃，气候温和，雨量充沛，无霜期长，日照时间久，适宜各种兰花的生产繁衍，野生兰花资源十分丰富，尤其以建兰、墨兰、寒兰、春兰品系最多，是我国建兰、墨兰的主产区之一、全国四大兰花原产地之一，也是东南亚地区最具特色的墨兰生产区。闽台一衣带水，具有地缘相近、血缘相亲、文缘相承、商缘相连、法缘相循的“五缘”优势，在新的历史环境下，无论是交流方式、渠道，还是交流的内容和对象，两岸常常通过民间交流，使同胞相互理解，增进感情，逐步走向“心灵契合”。近年来，南靖县积极结合“筑梦天下·圆梦土楼”系列活动，对外宣讲推介“南靖兰花”，努力提升兰花展的品位，扩大影响力，已成功举办八届兰花展，邀请韩国、日本、美国、东南亚以及中国港、澳、台地区的兰协、兰商、兰农参会参展，将南靖兰花产业建设不断推向更高层次，兰花也成为海峡两岸文化交流的一个重要载体。

初春的某个日子，我们在兰园漫步，赏千姿百态的兰花，闻淡淡的兰花清香，望百千盆兰花挨挨挤挤，发出细微的声音，仿佛轻柔的水的絮语，曼妙的时光轻轻流逝，将午后的山城演绎出别样的风情。回家后，沐浴在兰香的空气里，泡一杯热菜，继续读资料、赏美图，品读一段段故事，敲打一行行文字，不由发出这样的感叹：所有的兰花时光，真的非常好！

兰质蕙心

□ 郑燕惠

兰花，作为人们审美鉴赏中的崇高对象，孔夫子把兰誉之为香国的王者，屈原也曾用兰来比作贤人美士，而郑板桥爱兰，至死不渝，更为人所称道。

南靖环境优美，山水相间。所谓“一方山水养育一方人”，宜人的气候造就了宜居的环境，人们依土地而生，淳朴的民风营造出一种宁静的生活氛围。南靖的兰花，像是一位深藏于山间的秀美姑娘，在这样的氛围中慢慢成长。兰花不像其他花朵一样，在路边随意可见，兰的生活环境很特殊，如果长在悬崖峭壁上，开出淡而雅的花朵，这说明它的孤傲和静美，更多的时候，是在培养兰花的花圃大棚里。花圃里养的兰花似乎少了泥土的味道，显得有点娇气，不过花与叶的结合更是透着一种朵朵苞儿吐青色、幽香一片映满屋的感觉。从一棵小小的种子，在土壤中萌发，从发芽、成长、开花，最终结出累累硕果，这是一个艰辛的过程。一朵小小的花里，让人领悟生命的平凡与美丽，只要存有一滴露水，或是一缕阳光，她就会顽强地成长，有着自强不息

的精神。

或许是南靖的土壤适宜兰花的培育，或许是南靖的气候有利兰花的成长，或许还是悠久的兰花历史，让兰花扎根于此，兰，已深入人们的生活。人们出于对兰的喜欢和崇敬，于是衍生了很多兰的词汇。金兰之交，喻指朋友间情投意合，情似兰花般坚韧；空谷幽兰，那朵山谷中优美的兰花，高雅脱俗，似一个人的品质；桂殿兰宫，哪怕一座宫殿的建筑，也用兰宫来比喻其建筑设施的华美。而我，最喜欢兰质蕙心一词，一个蕙字，涵括了淑美、贤惠、善良的品质，这是一个人身上最为珍贵的东西。摒弃一切琐碎与繁复，令人凡俗之气荡然无存，正是兰花这种耐人寻味的魅力，使人有一种深刻而又质朴的东西悄悄渗透心灵之中。如果拥有这样一种优雅高贵的气质，全身上下将会散发出动人美丽的光芒，如兰，似兰，最美莫过如此。

在人们眼中，热烈如火的玫瑰，灼灼其华的桃花，神秘艳丽的郁金香等众多花卉品种，都有着多姿多彩的色彩。相比起来，兰花，她的光彩是散发的芬芳，在万花丛中，碧叶婀娜，含蓄绽放，不事张扬。她不需要用华丽的花朵来为自己润色，她也有着属于自己生机盎然的色彩，并且以另外一种方式滋养着人们的身心。古人养兰，大多是用于寄托自已的志向，他们爱兰是因为有君子的气节，或者表达一种人生哲学，时至今天，人们对兰的珍爱，乃至敬重，或许是因为生活品质的提高，或许只是一种纯粹的喜好，但内心的意愿，相信还是离不开的兰谦谦君子的象征，飘逸清灵的性格。在兰花身上，我们可以学到做人的道理，做事的哲学。

南靖是全国四大兰花原产地之一，也是东南亚地区最具特色的建兰、墨兰生产区。南靖的家庭兰圃发展前景越来越广阔，近年来，南靖县通过举办国际兰展、“海上丝绸之路东溪窑瓷器展”等，全面展示“世遗土楼·中国兰谷”的独特风采，吸引来自国家、省、市及相关部门领导，专家学者代表、兰花业界知名人士、港澳台同胞和海外侨胞代表等人士共同参加这一盛典，旨在发挥南靖作为台胞主要祖籍地的独特对台优势和“中国兰花之乡”的品牌效应，以花为媒，推动海峡两岸兰花业界的交流合作，弘扬普及中华兰花文化，促进两岸兰花产业和地方经济发展。

经过人们层层的呵护，那一株株兰，绽放着芬芳，有些开着淡雅的花朵，有些只见细长的叶片，有些悄悄吐露着花蕊。各式各样的姿容，不正像现实生活中人们的美好写照吗？人类灵魂的工程师，路边风雨无阻站岗的交通警察，寒冷早晨清理卫生的环卫工人……他们的职业都很普通，却每天默默坚持，并且尽自己最大努力做好，这样的奉献精神，不正是如兰般芬芳朴实吗？这不正是兰花精神的写照吗？

树木的昌盛与枯荣，花朵的绽放与凋谢，都是自然规律，树木如此，兰花亦如此。跟人的生命一样，遵循自然规律，就是健康、向上的状态。植物知道储存能量，等待着生命的迸发，作为我们，是不是更应把心放宽，把心放静，让生命跟自然保持相应的节律，与自然保持和谐？古时，在老子和孔子的对话里，曾说过“人不法天地自然，空言仁义，有祸无福”。或许，唯有内心宁静的人，才能对世事淡然处之，才能拥有如此的雅致，才能领略兰质蕙心，领略自然的乐趣所在。

美兰

□ 珍夫

“终于找到了！美兰园！”一辆旅游大巴车刚在路边停稳，几个旅客立即喊出了声。

这群从福建土楼游览回来的旅客显然沿途找了好久，猛一下车，就在胖中年妇女的带领下，齐刷刷冲进“美兰园”。美兰园入口矗立一座人字形楼房，木结构，两层。楼前空旷地栽种桂花、葫芦竹、菊花，中间点缀溪石，大的嶙峋，小的圆滑，颇为雅致。

适逢周末下午，一个七八岁的小女孩闻声从楼房跑出来，见来了一大拨客人，“妈妈，妈妈”甜甜地叫着。随即，楼房后面闪出一位约摸30岁的女子，身材虽瘦小，但脸色红润，穿花色格子的衣服，右手拿花洒，左手捏着几株菖蒲苗。

“你去做作业，客人我来接待。”女子对小女孩说。

“作业早做完了！”小女孩晃着头回答。

“那就回屋里看点书。”小女孩嫣然一笑，进屋去了。

“你女儿真乖！”客人称赞。

“她上小学一年级，有点淘气。”女子笑容可掬地说，转而招呼大家：“欢迎光临美兰园！先喝点茶吧！”

“不用啦！我们都备了水。”

见客人急不可耐要参观，女子便放下手中的东西，引导客人走向兰园。

“你是美兰园的主人？”客人问。

“可以说是。”女子答。

“为什么这样说？”客人觉得奇怪，又问。

“因为美兰园是我和我的爱人一起创办的，我只是美兰园的一部分。”女子笑容满面，如同初秋的阳光灿烂。

“你就是美兰吧？”带队的胖女子声音特别洪亮。

“美兰？你说的是兰花园名称，还是……”女主人似乎有点不解，想弄明白。

“我说的是网上的QQ网名，叫美兰。”

“噢！”女主人轻声地笑了，“那是我爱人取的网名。”

“啊？男人取名‘美兰’！”旅客中有人觉得奇怪。

“美兰园网上交易这么活跃，你经常上网帮助宣传、销售吧？！‘美兰’QQ名对你也挺合适的。”胖女子说。

“‘美兰’QQ名是我爱人专用的。他特别喜爱兰花，从培育新品种到销售都是他一手操办，我仅仅帮忙管理罢了……”女主人显得非常自豪。

她轻轻推开虚掩的门，领客人进入

园中，一股淡淡的清香扑鼻而来，大家像久困阴暗腐臭的房间忽然闻到香味一样，贪婪地深呼吸起来。

这是一个设施标准化的兰花种植园，兰园上方遮着相距大概一米的两层黑色遮光网，园子里的光照并不强，四

周围墙设计为网格状镂空式，十分通风。宽约1.5米、高近1米的花架整齐排列，花架上兰草葳蕤，郁郁葱葱，长势喜人。每个花架上都竖着一列水管，用于自动喷灌，花架下面是湿润的土地，长满了苔藓，花架之间的通道铺成水泥地。整个兰园整齐干净，阴凉舒适，黄色、淡青色、粉色、紫色、白色等盛开着各种颜色、各种花朵的兰花，姹紫嫣红，把园内装扮得格外美丽，令人心旷神怡。

“这是墨兰、四季兰、春兰，那是寒兰、莲瓣兰、蕙兰，再过去是建兰、兜兰、石斛兰……园内国兰品种繁多，共二十多种十多万株，都是我爱人经过筛选，精心培育的。”女主人如数家珍地介绍，客人不停地颔首称赞。

“栽培这么多兰花，你们夫妻忙得过来吗？”

“现在兰园几乎都用这样的标准设施，兰花的种植和管理都很方便，所以兰园需要的管理人员不多。正常管理我们夫妻两人就够了，需要装卸、打包的话才雇请工人帮忙。”

“以前怎样管理呢？”

“以前种兰花就像种菜一样，都种在大田里面，要卖的时候就拔起来。传统的种植模式下，兰花的根系很容易受到细菌感染，遇到灾害性天气，兰花死亡率和管理成本都会增加。后来有台湾花农来到南靖办兰花园，当地的花农就向他们学习种植和管理技术，并根据南靖的气候条件不断摸索改进，因地制宜，逐渐形成现在这种种植和管理模式，种植出来的兰花品质大大提高。现代化、标准化的设施有效地推动了南靖兰花种植业走向规模化、产业化。”见客人对兰园管理感兴趣，女主人来劲了，滔滔不绝地讲。

“听说兰花比较娇贵，不容易种植和管理，是吗？”

“现在种兰花的容器采用橡胶营养袋或者塑料盆，种植基质采用小鹅卵石，每天浇水只要按下按钮就能 自动喷灌。客户来了，选中兰花后，把营养袋或者塑料盆里的鹅卵石倒出来，取出兰花包好就行，一点都不伤根，很快就能完成交易。”

“你们‘美兰园’兰花销售形势不错吧？”

“南靖县是‘中国兰花之乡’，‘南靖兰花’属国家驰名商标，全县兰花销售势头很好。至于我们‘美兰园’兰花销售，要问我爱人比较清楚……”

“你爱人以前做什么的？”客人紧追着问，女主人显得支吾起来：“跑过运输……2008年转行办起这个兰园，开始种植兰花。”

客人觉得女主人有点异样，细声说：“我们想选购兰花，能不能叫你爱人出来介绍？”

女主人迟疑了一下，才进入家中。一会儿，一位男子被她牵拉着，一瘸一拐地慢慢出来，手中还提着一壶茶水，微笑着向大家问好。

客人们面面相觑，胖女子先开了口：“你是……”

“他是我爱人，跑运输时汽车出事故，截断一条腿，装的假肢。”女主人回答。

“我就是‘美兰’！大家喝茶，解解渴。”男主人面带笑容，丝毫看不出残疾的样子。

“真没想到你就是‘美兰’……我们在网上被‘美兰’的宣传打动了，就借到福建土楼旅游之机，顺便看看‘美兰园’。”

“空谷幽香，孤芳自赏。难得你们专程考察！”

“看起来你对兰花相当有研究，你为什么会喜欢上兰花？”

“出车祸之后，我万念俱灰，恰好朋友探望我时送来一盆兰花，我在医院日夜与兰花相伴，看着它生长、开花，闻着清香，逐渐感觉自己高雅脱俗起来……出院后，便和爱人商量，办起了兰花园。”

“肯定遇到很多困难吧？”

“刚开始是资金、技术等问题，后来又碰到市场销售这个大难关。不过，多亏政府给予大力支持。”

“所以之后你就注册了‘美兰’，是吧？！”

“对！现代通信的发展大大拓宽了兰花的销售渠道，我们的许多生意都是通过电话或者网络做成的。从电话或者网上收到订单后，我们将兰花包装好，快递出去，一两天或几天就可到达客户手中。而且，全县有一百多户花农在外地开设兰花专卖店，他们在店里谈好了生意，我们从兰花园发货，生意越做越红火。”

“创业不易，残疾人创业更难，我多买两盆。”胖女子说。

“我买两盆。”

“我三盆。”

客人一一响应，积极购买，女主人抓紧准备。

“你们要真正喜欢兰花，才购买呀……”“美兰”劝道。

“当然是喜欢才买嘛！”胖女子带头回应。

“是呀！”

没过半小时，几十盆兰花就都包装妥当，齐整整地摆放在那儿，客人一五一十地进行结算。

“咦！我怎么少算了一盆的钱？”胖女子惊呼。

“是啊，我好像也少算了钱！”另一个客人跟着嚷。

“谢谢大家的捧场！这是我特意大优惠，并没有少算你们钱！”“美兰”解释。

“哇！这么好的兰花，还大优惠，赚了吔！”

“希望下次再来！”“美兰”夫妻向大家招手道别，小女孩也跑出来一起欢送。

见此情形，客人们一拥而上，与“美兰”一家三口组成一排。一名游客伸出自拍杆对准，“嚓”，笑嘻嘻的客人连同“美兰园”的背景定格在手机里！

兰之猗猗

□ 朱向青

“兰之猗猗，扬扬其香。不采而佩，于兰何伤。”韩愈这首《猗兰操》据说是和孔子诗所作。春秋时期，孔子周游列国，有一次从卫国返回到鲁国时，在空谷之中看到了兰花幽然绽放。孔子面对此景，感叹道：“兰花当为花之王者，怎可与众草为伍呢？”于是，鼓琴而歌咏道：“生长的兰花，纵然此刻与荞麦为伍，但是香气独清；纵然不采摘兰花，对于兰花的高洁也没有丝毫损伤。”《古今乐录》载：“孔子自卫返鲁，见香兰而作此歌。”

孔子是用兰花来树立、提升人的精神境界、情操和品格的第一人。孔子称“兰为王者之香”，本意是兰花应该为王者散发它的馨香，兰一旦被王者采摘佩戴，定会让其清雅的芬芳和其间蕴含的思想如日月般光耀。“芝兰生于深林，不以无人而不芳”，表示兰花不因为没有人欣赏而不挥发出自己的清香。“与善人居，如人芝兰之室，久而不闻其香，即与之化矣”，说明常和品行高尚的人在一起，就像沐浴在种植芝兰撒满香气的屋子里一样，时间长了便闻不到香味，但本身已经充满香气了。正因为孔子，兰花在儒学生活和政治生活当中卓尔不群，自孔子之后，历代文人都视兰花为谦谦之君，通过兰花来表现自己不媚流俗、淡泊自足、独立不迁，或抒发身处逆境、怀才不遇、壮志未酬的感慨。

兰花以其摇曳的风姿、幽香的花朵、高洁的品格为世人所崇敬和喜爱。据史书记载，我国栽培兰花的历史已有两千多年，南靖县是兰花的重要原产地之一，古时县城即因多出名兰佳品而被称为“兰陵”“兰水”。1981年《南靖县地名录》云：今南靖县东北靖城古称“兰”，或谓“兰陵”，盖因地处丘陵，且产兰花，故以名县。据此，兰水县当在今福建南靖县靖城镇。我国最早的兰花谱即南宋赵时庚编著的《金漳兰谱》中就记载了南靖靖城出产的名贵兰花品种。

南靖何以能出产名兰？先秦文献中，言兰出生地为深林、皋（山丘）。屈原《离骚》有诗云：“步余马于兰皋兮，驰椒丘且焉止息。”“皋”和“丘”都是山岗的意思。《楚辞·大招》曰：“芷兰桂树，郁弥路兮。”可见古之兰生长环境是森林、山坡或林下、路边。这与现在国兰的生长环境类似。南靖正是有着能生长“厥美弥嘉”兰花的大片深山空谷幽林。境内山多林密，竹木参天，土壤肥沃，气候温和，雨量充沛，无霜期长，日照时间久，适宜各种兰花生产繁衍，是个天然的兰花生产园。野生兰花资源十分丰富，品种繁多，正所谓“春兰花开香浓郁，夏兰馨香叶翠绿，寒兰幽远展风骨，万千丰姿世赞誉”，依高而下，在高海拔的山区盛产春兰、寒兰；中低海拔的山区盛产建兰、墨兰，在采兰中还培育出许多新、奇、特珍贵品种，如矮种墨兰、山采达摩、线艺墨兰、水晶墨兰、奇花墨兰、山城绿、四季线艺素心建兰、奇花建兰、素心中华寒兰、春兰出土香等，竞相媲美。据载，全县有兰花品种一千多个，尤其以建兰（又叫四季兰）、墨兰、寒兰、春兰品系最多，是东南亚地区最具特色的墨兰生产区。

有大量兰花资源的南靖人是有福气的，可在十几年前，生长在南靖的兰花却未必有福，南靖农民也没能从兰花身上沾到多少福气。坐拥金山不见金，那时，当地农民多是上山采挖野兰，或只在自家屋顶、菜园小规模种植，坐等人上门采购。在老花农的记忆里，20世纪90年代初，南靖兰花还是用麻袋装论斤卖，一公斤卖不到两元钱。兰贩们将收购的兰花挑挑拣拣，最后带走的只是其中的一部分，余下的则倒在地上，成了垃圾，或被农民收回去沤成农家肥。可怜“幽独空林色”的兰花，竟落得如此下场。转眼十几年过去，栖身南靖田间地头并不起眼的兰花，身价成千上万倍上涨，之前一斤只卖几毛钱的兰花，如今卖出了一盘几十万元的天价。在首届兰花节上，养兰专业户一株“下山水晶墨兰”，以26万元被广东客商购得，令人咋舌。无独有偶，时隔多年，又有一盆“山采水晶墨兰”以38万元竞拍成交。而在第二届旅游节暨首届“福建土楼”文化节南靖兰花展期间，一株寒兰奇花以58万元高价成功拍出，创下了南靖兰花售价最高记录。靠着植兰卖兰，许多南靖农家走上了致富路，南坑镇村雅村一百三十多个兰农，仅兰花一项年平均收入就达五万多元，南靖“中国兰花之乡”的美名远扬。农民高兴地称兰花为“致富之花”“小康之花”“幸福之花”。

昔日一棵小草，如今身价万金。南靖兰花为何这么“红”？好山好水好政策，台湾农企接踵来。作为台胞祖籍地之一的南靖县，奇迹的发生正在于两岸合作为南靖兰花“点香”。吸引台商到南靖植兰的不只是得天独厚的自然条件，更重要的是优越的投资环境。“我们县把兰花作为一项产业来抓，县委、县政府出台了优惠政策。兰花产业蒸蒸日上，台商的推动也功不可没。”南靖县林业局相关负责人说。20世纪末，就有台商及兰农陆续前来投资。2004年著名的兰花大王投资数百万元，在南靖县山城镇创办面积 21 亩的“双成兰花园”，并培育出“拖鞋兰王子”、寒兰“花中花”、大花蕙兰“金玉满堂”等十多个兰花新品种。至2010年底，已有三十多位台商在南靖投资创办兰花业，丰田兰花园形成了“台胞兰农一条街”。正是众多台商的市场意识和栽培技术，让“养在深闺无人识”的南靖兰花开始走出深山，走向世界。如今，南靖兰花已迅速向规模化、产业化发展，台商和兰农互利共赢生意越做越红火。县里又指导帮助兰农开辟二百多个“网上兰铺”，建立一个总面积三百多亩的

“南靖兰花村”，进一步方便广大客商交易……响亮的品牌及良好的营销网络，使兰民足不出户就能把花儿销往世界各地。“现在，天天都有客商到园里，我一个电话就能通过特快专递轻松地把花儿卖到各地。虽然我家种了二十多亩，但时常为了满足客户需求还要到别处买花！”在兰坑国兰艺园，老板娘乐呵呵地说。

以花为媒，以兰会友。兰不只是致富的金钥匙，也是传达情意的文化使者。自古以来，兰就被誉为“花草四雅”之一，为文人墨客案头清供的钟爱之物。恰逢友人自“兰陵”送来兰花一盆，墨绿色的兰叶又细又长，窈窕舒展，颇有古风。置茶几一旁，与素瓷青花茶壶相得益彰，忽想若是品茗的时候，兰悄然而开，茶与兰草轻轻呼应，吸吮兰之幽香，啜饮茶之甘醇，若有若无，何其雅致？明张岱不仅是著名文学家，也是一位茶艺高手，他就曾创制色香味俱佳的“兰雪茶”。《陶庵梦忆》这样形容，“（兰雪茶）茶味棱棱有金石之气……他泉瀹之，香气不出。煮禊泉，投以小罐，则香太浓郁。杂入茉莉，再三较量，用敞口瓷瓯淡放之，候其冷，以旋滚汤冲泻之……真如百茎素兰同雪涛并泻也。雪芽得其色矣，未得其气，余戏呼之兰雪。”雪芽远在古代就是茶中仙子。而人们对薰入兰花淡雅醇美香味的茶叶——明末盛行的闵茶也赞赏有加：“其色如积雪，其香如幽兰，其味而味外之味，虽百碗而不厌者。”茶入杯中，犹如兰花初绽，鲜活成朵。品之，则滋味醇和悠长，神清气爽。可见从古至今，兰花与茶已是绝配。兰在古代称为“兰蕙”，与茶同为性灵之物，因简而洁，因俗而雅，有出尘之致，其俊秀卓然的气韵大概也正合国人宁静致远的秉性，所以才能广受青睐吧。

“我从山中来，带着兰花草。种在小园中，希望花开早……”这首早年曾流传北大的诗歌，原型是胡适先生的诗《希望》，作于1921年，随着胡适先生的暮年也辗转到了台湾，凭着它的清新和诗意，更带着几分童趣与童真，很快流传开来。而今南靖兰花幽香两岸，胡老先生那字里行间流露出的淡淡的赤子情怀，浓浓的思乡情依然如兰花草一样馨香而美好。仿佛看到兰花的叶子在风中摇曳，优雅而绰约；兰香，在风中升腾，向四方飘扬，耳边又响起这首质朴动听的歌谣。

兰之清韵香悠远

□ 叶美玉

世人爱兰，自古对兰的赞赏层出不穷。对兰花,《诗经》中有咏叹,《楚辞》中有歌赞,《离骚》中有抒怀,《周易》中有美喻,历代文人雅词中言及兰花的佳句则更不计其数。

在闽南的一个山清水秀的县城——南靖县，县内生态优美，素有“树海”“竹洋”之称,境内拥有被誉为“天然绿色基因库”的虎伯寮国家级自然保护区和福建南靖土楼国家森林公园。土楼星罗棋布，田螺坑土楼群、河坑土楼群、怀远楼、和贵楼等“世遗”土楼美名远扬。温和的气候适宜各种花卉的生长。早在明清至民国时期，花农已将野生兰花移植到庭院盆栽。兰花，高雅、清新、脱俗、大方。它是一种植物，又是一种文化，自古以来它沉积的文化底蕴深厚，源远流长。一个县，爱兰之泛，即有自然之气，文明之心。南靖人爱兰、护兰、育兰，南靖人兰心蕙质，德高品亮，被授予“中国兰花之乡”的美誉。

南靖五板桥的兰花繁育基地，是福建省林业厅下属科研事业单位省林业科技试验中心投资创办的繁育兰花大棚。主要从事林木和花卉的科学研究与试验、高优种苗快繁和技术推广服务、林木和花卉种苗质量监测等工作。福建林科中心在南靖收集了五百多种兰花种质资源，这些资源在全国属丰富区之列。走进大棚内，满室清新的兰花香扑鼻而来，林业中心通过杂交育种等方法选育出“梦之兰”“玉女丹心”“青花蝶”和“红蕊”四个国兰新品种。“新、奇、特”是兰花的重要育种目标。除了地上多彩多姿的兰花，南靖还将兰花送上了天空。而这里，正是天宫兰花的培植地。

中国进入太空的第一人杨利伟办公室——中国载人航天工程办公室与云南省农科院成立合作“中国太空高原育种繁育中心”（以下简称中国太空繁育中心），这是一个专门承担天空育种实验任务的办公室。中国太空繁育中心与福建林科中心携手，利用福建林科中心培育的丰富花卉种质资源，共同开展太空育种合作项目。

2016年9月，经过重重挑选的100克优质兰花果荚于福建林科中心出发，由专人护送到中国航天研究院，准备搭乘“天宫二号”开展为期51天的太空之旅。在蓝天遨游一番后，2016年11月22日下午，中国载人航天工程办公室和中国航天科技集团公司在京举行“神舟十一号”飞船返回舱开舱仪式，工作人员陆续取出搭载物品并进行移交。“花开天空，飘香宇宙，造福百姓”的太空经济时代已经到来，把飞天兰花引入乡村，让美丽辐射大地。

兰花的培育经过不断充实与发展形成了浓郁而具有地方特色的资源，太空经济必将造福百姓生活。

一直以来，南靖优越的自然环境为兰花的生长提供了良好的生态条件。为弘扬兰花文化，让南靖兰花飘香海内外，如今南靖已成立四公里兰花园、丰田兰花一条街及南坑镇村雅村为代表的兰花种植示范基地和销售窗口，兰花产业正向规模化、产业化方向发展。兰花不仅仅带给人们视觉上的美丽，还给人一种秀气质感的美。兰花具有独特风雅姿态，内涵极为丰富，任由想象。单株亭亭玉立，从株摇玉溢翠，绿意盎然，这是一种自然、清雅、恬静的美，纵使无花也同样叶如碧玉、楚楚动人。在自然环境中，兰花无论开花与否，在美化环境的同时，都带给人们美好的想象与享受。一枝在室，满屋飘香，是任何花卉所不能及的，“空谷佳人”“花中君子”“雅洁清素”等歌咏兰花的清词丽句层出不穷，“王者之香”也由此而来。人们对兰花的垂青程度，只要了解一下华人佳丽中以兰蕙取名的多与广，就可窥一斑而知全豹。“中国兰花之乡”的南靖，这里不仅有飞天兰花，还有“世界文化遗产”的土楼群以及充满原始乡土气息的村落，其自然生态和优美宜人的人居环境，吸引着越来越多的人慕名而来。有了绿色，才有希望，才有伟大的生命力。

作家朱自清在《荷塘月色》一文中把荷花的香气比喻成歌声：“微风过后，送来缕缕清香，仿佛远处高楼上渺茫的歌声似的。”作者把香气化作歌声，荷花之香韵隐含其中。兰之花形，似蝶飞舞，兰之清韵，其香芬芳。兰花之韵，有形也无形。花开时，似仙女下凡般清逸脱俗，没有开花的时节，细长的枝叶如山村婀娜多姿的少女，娇柔轻盈却又不失刚强潇洒，是热烈喜庆的代言，又是内敛含羞的表现。于是，人们以兰传情，以兰庆贺，让平淡的日子焕发出如兰般优雅的光彩。

南靖县城内有双溪，城郊有森林，“喝山泉享氧吧，泡温泉住花园”就是南靖宜居建设的生动写照。为全省首批国家生态县，漳州市森林覆盖率第一。凭借深厚悠久的历史文化底蕴和丰富多彩的花卉品种，南靖着力山美、水美、城美，立足生态之县的定位，努力打造全省最美县城。并将以此推进南靖生态建设，改善生存环境，展示南靖良好形象和文明进展程度。呈现“村在林中、房在树中、路在绿中、人在景中”的人与自然和谐景象。

去看一座山

□ 叶子

星期天，我们一行人去看一座山——十字岭。十字岭位于南靖县龙山镇南坪村，是1932年漳州战役的主战场，这座山当年曾经响过密集的、令人惊心动魄的枪声。岁月封存了很多往事，但十字岭的青山是漳州战役永不褪色的证词，整座青山就是无言的界碑。虽然英雄都化作了青山上的绿草，但英雄会在后人的怀想中复活，岁月有情，石头也长满了青苔。“为修党史上烽冈，结伴松涛上战场。铁血黄花掩烈骨，丰碑留得赤魂香。”很难想象，八十多年前的十字岭石鼓仑曾经光秃秃一片，光秃秃的山岭上，即使是一只飞虫也在视野里纤毫毕现，敌军狡诈而凶残，战斗之前一把火将十字岭烧得一干二净，意图让红军赤裸裸置身于射程中。八十多年后的今天，走在十字岭上犹如走在原始森林，地上都是变成腐殖质的落叶，松针、杉叶、竹叶随处可见，仿佛走在绵厚的地毯上，静谧中只听见自己的脚步与心跳。

一阵阵芳香扑鼻而来，这是山林慷慨的馈赠。山上种满了栲树，掉下来的叶片鲜红似血。松柏骄傲地擎起英灵扛过军旗的手臂，我们脚步轻轻，怕惊醒长眠在十字岭上的英魂。老村支书健步如飞，带我们上山，让我们这一行四体不勤、五谷不分的人汗颜。昔日那场激荡人心的战争向我们扑面而来，一个个英雄倒下了，又一个个英雄前仆后继攻了上来，直至打完最后一发子弹，血流成河。到处可见布满落叶的壕沟，简单的掩体与碉堡看起来老态龙钟而沧桑。往事穿越时空翩然而至，林林总总，点点滴滴，枝枝叶叶，引领后人回溯和追忆，寻觅和缅怀，在一次次倾情呼唤中，沿历史的大河逆流而上，直至它的源头。

这是一片红色的土地，历史告诉我们：任何一场胜利不是来自偶然，而是来自必然，来自灵活的战略战术、坚定的信念及民众的支持！那些在战争中慷慨赴死、青史流芳的烈士让人崇敬感佩。历史是一面镜子，有功于一个时代、一个民族、一方百姓的人，无论有无名姓，都注定被永远铭记。忘记历史等于背叛，虽然时光是洗消血腥硝烟的最好介质，但一到肃穆庄严的十字岭上，历史马上回到眼前。

我们还参观了漳州战役南靖决战纪念室。鲜红的大旗，翻卷着历史的风云；闪亮的红星，缔造了今天的和平。我仔细看了中国工农红军东路军后代联谊会的照片，众多将帅后人续写了动人的漳州情缘。我想象这些英雄的后代也许对着十字岭上的某棵树、某块石头喃喃自语，隔着时空阴阳两界进行父子、父女之间的对话，把自己的思念对着父亲的英魂一股脑儿地倾诉出来；也许有人会把从老家带来的泥土撒在十字岭的土地上，也许有人会跪在地上哽咽，此时距英雄牺牲已经八十多年光阴。从十字岭上挖出摆在桌上的手雷、子弹锈迹斑斑，无言地诉说着往事。

站在十字岭上，倾听这静悄悄的山岭，仰望头上广袤无垠的天际，往昔的军号和着大风，硝烟连着战火，正义的号角回响于天地之间。邪恶抵挡不住前行的脚步与力量，英魂在天地间驰骋，青春热血抒写着生命中纵横捭阖的篇章，我们在鲜血浸染的芬芳里深深地怀念和景仰。

远眺蕉林似海，蓝天辽阔，岁月静美深沉，这座山上有着后人不该忘却的纪念。青山，永远在守望！

绿水青山间的红色之旅

□ 朱向青

翻开字典，青是绿色的意思，喻年轻。找到一系列跟青有关的词语，青碧、青萍、青苗……都是春天美好的代称。红则赫然写着：像鲜血的颜色，象征革命。跟红有关的词语有红军、红色根据地、红色政权等。似乎青与红是完全不同的两种颜色，却又那么奇妙地交融在一起。这一天，我在一片绿色的清凉里，踏上了寻访红色文化之旅。

从厦蓉高速南靖出口，行进十几公里，一座群峰连绵、葱翠郁碧的大山触目而来，当年红军攻克漳州的主战场——十字岭就藏身在这大山之间。下车后，我们穿行在一片蕉林之中，小路两边蕉叶长长短短，高低错落，偶尔可见一两串绿色的蕉果在树间时隐时现。继续往里走，绕过几块突兀的石头，山上一片苍劲秀挺的竹林扑面而来，绿色瞬间填满人眼。几缕阳光在竹林里投下斑驳的影子，竹林深处，光在闪烁，风

在流动。穿过山间的风清且凉，空气中带有竹叶的清香，真想就此留在这一片幽静之中。

同行的南坪村村民老陈突然停下了脚步，指给我们看，喏，这就是敌军修建的战壕。只见竹林掩映下，一条一米来宽的壕沟已被松软的枯叶散落覆盖，仍隐约可见，老陈所说的碉堡、炮台也依稀留有痕迹。东起五峰山，西至十字岭，长达8公里左右。八十多年过去了，敌军的战壕依然有着狰狞坚固的模样，轻轻盘桓在战壕周边，我们的脚步变得滞重起来。年轻的红军战士凭着血肉躯体，冒着枪林弹雨攻入这样的战壕，厮杀冲锋的场面何等激烈！

老陈绘声绘色地说着，尽管逾越了八十多年的光阴，可仍有亲历般的动人感觉。

如果仅是阅读史料，就会觉得胜利来得轻松而又容易。但是，置身于红军鏖战之地，才觉得每一步胜利均为艰苦卓绝的浴血奋战而取得。老陈指着壕沟前面的一片空地说，敌军还在工事前埋下竹尖桩。老陈面色凝重起来，又指着山上流淌着涧水的沟渠说，因为敌军占据石鼓仑等险要地位，战后，村民们在战壕挖掘遗物时，才挖十多米，就挖到一百多个子弹壳，可见当年的战事是多么的悲壮！

老陈平静地叙说，我们听得惊心动魄。真实的历史场景往往隐藏于不起眼的细节之中，如同闽南山间的参天巨树，主干挺拔入云，凌然而立，但在虬曲盘旋的枝干和末叶上，却凝结着过往岁月的沧桑气息。如今，伫立于绿水青山间的红色遗迹上，我才真切地感觉到历史与战争的生动、鲜活，忽地觉得八十多年前浴血奋战的这段历史离我非常近，似乎眼前的蕉林山岩之间都渗透着战火纷飞的硝烟气息。如果屏住呼吸，还能听到青山绿水的静谧下当年红军冲锋陷阵的呼唤与呐喊。这是一片浸染红军鲜血的大地啊，这里的一草一木都记录着战火淬洗后的历史片断，经过倥偬岁月的磨蚀与风化，依旧闪着锃亮的记忆之光。

我们的步伐也随之沉重起来，渐渐地，山越发高，林越发密，山坡上落叶和碎石也愈多。一番周折，攀爬上十字岭主峰石鼓仑，竹林茂密，眼前一块大石微微泛着淡青色的光芒，青石上的字迹告诉我们到了十字岭。硝烟散处满眼绿。松涛阵阵，默默诉说着那段红色历史。转到北侧看，尽是悬崖峭壁，一块巨石上，赫然刻着参加漳州战役的王辉球的诗句。青山留情，昔日红军男儿壮志慷慨如云。青山妩媚，十字岭山川依旧，林木秀美，八十多年前红军攻克漳州的主战场，如今显得安静祥和。

历史是不应该被忘却的，八十多年过去了，南坪村村民默默守护主战场，自发的祭奠活动从未间断。下山时，我们特意绕到上山时经过的那块纪念石，多年风吹雨打，上面已经蒙覆了一层茸茸的青苔，但仍可以清晰地看到“革命烈士永垂不朽！”老陈说，每年4月19日，南坪村的村民代表就会虔诚来到十字岭，举行简朴的祭奠仪式。他们将

香点上，再将祭拜品呈上，面对纪念石三鞠躬，寄托哀思。“他们的名字应该刻在丰碑上，不应该被忘却。”是的，一个国家应该祭奠自己的英烈，人民应该记着他们的英雄，这样，国家、民族、人民活着才会有精神有灵魂。

我们需要拥有向先烈、向英雄跪拜的地方，需要能够让人们心灵得到洗礼、灵魂得到净化的地方。再看纪念石的下方，一朵小小的绢花连同它的两条绶带仍在微风中摇摆，在周围绿树草木的静穆下是那么红彤醒目，顿觉初冬的风不冷，一切都暖融了起来。

经过一片香蕉林，我们又回到了来时的路口，一路仍是蕉海环绕，蕉叶高低错落，有几片长点的努力伸展着，不时拍打在我们身上。老陈说，过去的南坪村，因为四面环山、交通闭塞，生活贫困，如今离高速出口只有十几公里，很多年轻人都出去闯，一部分人还把财富带回来。交通便利了，麻竹、香蕉销出去比较容易，村民靠自己的双手，日子越来越好过。老陈感慨地说，红军在南坪村战斗过，留下了宝贵的精神财富，南坪人能吃苦啊。历史没有被尘封，南坪村人仍走着这一条红军路。

来时看过资料，南坪村还有一座红军桥，俗称古弯桥，外国专家称之“驼背桥”，是南靖县唯一保存至今的明代双孔石拱桥梁，也是当时从龙岩到漳州必经的一座桥，南坪村民都亲切地称它为“红军桥”。可惜因为时间关系，此行没有前往，留下一个念想。在一个溪流潺潺青草绿树漫漫生长的春天，我们将再去南坪村，行走那一座历经古老沧桑也历经激情岁月燃烧的红军桥！

十字岭上祭忠魂

□ 珍夫

虽然记不清踏访漳州战役主战场有多少次了，可每一次登临都会有些激动。2017年元旦刚过，我又和其他几位同志在南坪村的热血村民带领下，再次前往十字岭，缅怀先烈，重温那场难忘的战斗。

八十多年过去了，如今十字岭已树林茂密，绿海翻浪。山脚下，村民种植的香蕉果压枝头，不得不用竹竿撑起蕉树；山坡上，竹子高大挺拔，浓荫蔽日，风吹过，竹叶沙沙作响，仿佛在欢迎我们的到来。本来我们计划在十字岭下听村民介绍，不打算登山，但村民们早已劈出了一条上山的小径，同行的一些老同志又干劲冲天，率先向十字岭上的石鼓仑攀爬。我们只好不甘落后，跟随上去。

顺着十字岭的山脊，从低处往上，一条壕沟展现在我们眼前。尽管壕沟覆盖着杂草和树叶，部分被泥土冲刷、填埋得像平地，可仍能看出当年战壕的模样。特别看到山间散落着十几处土、石垒起来的掩体工事，似乎我们进入了战事工地。

下午二时左右，天空乌云密布，转眼下起了小雨。因伞不够，我们有的两人共用一把伞，走在湿滑的林间小道上，行动明显缓慢。忽有一位同志在前面喊："我们重走红军路，这样子怎行？"说罢钻出雨伞，大踏步朝前冲，我们便也抖擞精神，赶了上去。

待到石鼓仑，天色更加阴暗，加上这是行人十分罕至的古战场，我们都感到阴森恐怖。然而一想起八十多年前的那场战斗，所有的疲惫和恐怖，我们都忘记了。

石鼓仑地势险要，山上至今还保留着敌人用巨石搭建的碉堡以及大量战壕。在一块大石头上，刻着王辉球《烈士鲜血点关山》的诗句："忆往昔，青山处处埋忠骨，烈士鲜血点关山；看如今，碧柏青松百花艳，战友音容又重现。"村民们到达山顶后，找一块大石头，摆上水果、饼干、鸡蛋等祭品，接着拈香祭拜，烧纸钱给山神，请山神不要骚扰长眠于此的英灵。他们用最纯朴的方式，表达着心里对红军烈士的景仰与怀念。

站在石鼓仑上，看到有的忙于询问，有的忙于拍照，有的忙于勘查，有的忙于讨论，我则思绪翻滚。当年红军指战员在石鼓仑激战的场面不由浮现眼前，仿佛听到机枪"哒哒哒"的扫射声和战士们的呐喊声，仿佛在弥漫的硝烟中，看到指战员的身影……

远处传来"呼呼"的林涛声，似乎在为烈士哭泣，同时也鼓胀着每个人的心胸。纸灰被微风吹起，撒落在我们身上，我们的心更堵得慌……

每一年清明时节，村民们都会自发上山，祭拜英魂，当地的学校，也时常组织师生上山缅怀革命烈士。如今，村里人最大的心愿，就是能在十字岭石鼓仑上建烈士纪念园，"在这里牺牲的红军战士，他们的名字不应该被忘却"。

村里还自发建起红军纪念馆，在内洞庵旁的一间小房子里，放置不少与漳州战役有关的照片、材料、物件，村里的孩子听祖辈讲完红军的故事后，时常跑到纪念馆里，感受当年发生的一切。

1997年，为纪念这场战役，中央军委在此援建一所希望小学——南坪八一希望小学。

过去的南坪村，四面环山、交通闭塞，生活贫困。如今，随着道路交通的改善，也逐步发展起来。"这边离高速公路出口和动车站有十几公里，很多年轻人都出去闯，一部分人还把财富带回来。交通便利了，我们的麻竹、香蕉销出去比较容易。这些年，我们的村民都很勤劳，靠自己的双手，年收入比十几年前翻了好几番。"南坪村书记说，红军在南坪村战斗过，留下了宝贵的精神财富，南坪人能吃苦。

日子越来越好过，但南靖县一些老同志和南坪村群众积极性极高，自费投工投劳为十字岭清除杂草，竖立标志，并广泛收集资料，开展宣传教育。南坪村原支书陈荣金一直在为还原那段历史

而四处奔波——查找闽西籍烈士名单，整理当年南坪村群众支持红军的名单，寻访流落在村民手中的红军老物件。前年，他带领群众上石鼓仑搜寻，找到一枚手榴弹和一颗子弹。

陈荣金告诉我们："这十几年来，不断有老红军以及他们的家属子女到此缅怀战友和亲人。他们爬上山后，发现这里连一块纪念碑都没有，感到非常遗憾。许多革命同志在此战斗，许多红军战士在此牺牲，他们的名字不该被这片土地忘记。"

下山了，我们的心情仍然不能平静。随着时间的流逝，漳州战役的见证者大多数撒手人寰，十字岭也日渐荒凉，这段历史如果不抢救，将就此模糊。安息吧，漳州战役的先烈们！长眠于十字岭的红军战士，我们永远缅怀你们的丰功伟绩，你们将与青山同在，与岁月共存。

丰碑矗立十字岭

□ 刘文财

很早就知道中国工农红军攻克漳州经过了南靖，但了解到当时红军在南靖南坪村内洞自然村的十字岭经历了一场激烈战斗的情况才是近几年的事。当远在北京的“红二代”大张旗鼓地纪念这次对红军发展深有影响的战役、接二连三地前来寻访战场遗址的时候，我再也抑制不住探访的激情了。

2017年1月5日，南靖县文联土楼文学院组织采风活动，我们九位文友欣然同行。

时值隆冬，闽南地区仍是温暖如春。沐浴在明媚阳光下的内洞自然村空气清新，宁静祥和，暖意浓浓。

我们在村小学下车。在校门口，我们看到了十字岭战斗的亲历者、1955年被授予上将军衔的杨成武将军题写的校名。接待我们的村民陈荣金告诉我们，这所学校是1997年中央军委援建的，村民们把它看成是国家对老区人民为新中国建立做出贡献的肯定和对老区人民的关怀的一个标志，是一种荣誉，他们十分感激，将永远珍惜这一荣誉。

陈荣金带着我们来到教学楼三楼的“漳州战役南靖决战纪念室”。这个纪念室是他领头带着村民们建立起来的，老红军童小鹏特地题写了纪念室名。

纪念室墙上贴着大量珍贵的历史照片，桌上陈列着从十字岭战场遗址上寻找到和从村民珍藏中搜集来的子弹、弹壳、手雷、刺刀、兽叉、水壶等物品。看着一件件锈迹斑斑的物品，聆听着陈荣金深情满腔的解说，我穿过跨越八十多年的时光隧道，来到了1932年那峥嵘岁月。

教学楼前方不足千米的一座小山包就是当年战斗指挥部所在地。站在纪念室外面的走廊上，眼望苍翠葱茏的小山包，我仿佛看到了红军“诸葛亮”们运筹帷幄的场景，崇敬之情油然而生。

时光漫漫流逝了八十多年。尽管内洞自然村参加、目睹这场战争的老一辈人都已告别人世，但红军将士们前仆后继的英勇精神和内洞村人民舍生忘死支援红军的事迹，却在一代又一代内洞村人中流传下来，成为每一代内洞村人耳熟能详的故事。

陈荣金68岁了，他从小就经常听爷爷讲这场战斗的故事。长大后，他乐此不疲地搜集战争故事和相关物品；担任村党支部书记时，他经常带领村民攀登十字岭祭悼烈士英魂。1997年，他卸任村党支部书记。从此，他把主要精力花在纪念这场战斗的事上，发动社会集资在十字岭石鼓仑战场遗址石头刻字纪念，利用新建的教学楼教室建立纪念室，为前来的参观者讲解战斗故事，并带领他们上山参观战场遗址。所有这些工作都是义务的。

陈荣金带领我们沿着山坡水泥小路向上攀行，一边走一边继续向我们讲述当年战斗的情形。

在古厝前，我们看到墙上有两句用石灰水书写的宣传标语“士兵不打士兵”“穷人不打穷人”。标语字迹清晰如新。老陈说，这是他们前不久重新描摹的，因为经过日久年长风雨侵蚀字迹已经有些模糊。他们觉得这是当时红军留下来的口号，他们必须有责任保护好。他们以此提醒大家，不要忘记这场战斗，不要忘记这场战斗中英勇牺牲的烈士们，不要忘记我们今天幸福生活的来之不易。也是由于那时村民们保护了这些标语。

古厝旁边的两间小平房，是当时用于抢救负伤红军的临时扎带所。据说当时屋顶只是盖着茅草，中华人民共和国成立后，村民们在屋顶盖上了瓦片。几年前，他们又在房前挂上牌子，供人们瞻仰、纪念。在这次战斗中，只有三百多人的内洞村，除了老弱病残的村民和幼儿，人人都加入了支援的行列，妇女们帮助红军缝补衣服、挑水做饭、护理伤员，男村民一部分给红军带路，大多数是参加救援队，从山下运送物资上山，又在山上抢救伤员，把伤员抬到扎带所交给医务人员救治。尖刀连党代表右前胸被子弹打中，子弹穿过肺部，从后腰部飞出，他昏迷在阵地上。村民们顶着纷飞战火把他抬下山到这里抢救，

终于使他活了过来。

翻过两座山梁，我们来到十字岭主战场石鼓仑山下。

从山脚仰望，石鼓仑巍然屹立，郁郁葱葱，山脚、山腰麻竹林层层叠翠，山顶树林浓荫蔽日，整座山给人感觉就是一座普通的土质地表的山峦。而跨过一条小涧流进入麻竹林，我们就发现情况大不相同。大块大块的石头披满青苔，形态各异，有时东一块西一块的，有时却是挨挨挤挤的，杂乱无章地分布，把隐隐约约的步行路线切成一节一节的，形成一条曲曲折折向上的路痕。我们一行人时不时地就要依靠手拉麻竹或上方人牵拉才能向上行进攀爬，走不了几分钟就额头冒汗了，个个都脱下了外衣。同行的文友韩守泉已有七十多岁了，而且身患多种慢性病症，大家劝他在山下等待，他却是怎么也不答应。我一边攀爬，脑子里一边想象当时在敌军战前放火烧光山上草木、地里暗埋利器的情况下，红军战士冒着枪林弹雨进攻的壮烈情景。

石鼓仑南边的山脊有一块类似长方体的巨石，石头上刻写着“中国工农红军东路军决战南靖攻克漳州革命烈士永垂不朽”金色字样。巨石前中间地面上插满了燃尽香灰的香。老陈说，这里是内洞村村民们祭祀十字岭战斗英勇牺牲的烈士的地方。每年清明节期间，村民们都带着猪肉、米粿、水果等食品来到这里，点上香烛，焚烧纸钱，悼念长眠在这里的红军烈士们。每次上山到这里，他都要向烈士们鞠躬致敬。

巨石的上方是茂密的森林。一棵棵高大挺拔的木荷树撑起巨伞般的枝叶，遮天蔽日。这就是十字岭主峰石鼓仑，是当年双方战斗最激烈的地方。昔日的硝烟早已散去，凉风习习，满山静穆。敌军战壕、碉堡、炮台、吹号处依然清晰可见。一个个遗址旁边的石头上都刻有标注的文字。

在南边山脊一块巨石上，刻着当时尖刀连党代表王辉球写的一首诗：“忆往昔，青山处处埋忠骨，烈士鲜血点关山；看如今，碧柏青松百花艳，战友音容又重现。”王辉球1955年被授予中将军衔，后来担任人民解放军空军政委、原沈阳军区政委职务。1964年，他路过南靖，重温那一段峥嵘岁月，激情满怀地写下这些诗句。他的儿子王涌涛从2007年以来已有四次登上石鼓仑。看到父亲八十多年前浴血奋战的战场还保护得这样完好，看到父亲怀念那场战斗的诗句被村民们刻写在石头上，他心潮澎湃，热泪盈眶。

在这场惊心动魄的鏖战中，一千多名红军献出了年轻的生命。他们多是江西籍和闽西籍青年，他们的伟岸身躯在这里化为肥沃的土壤，给这里的香蕉、麻竹、树木提供了充足的营养，丰富着这里人民的衣食之源；他们英勇无畏的气概和舍己为民的献身精神，成了这里人民一笔宝贵的精神财富，鼓舞着这里人民子孙后代勇于担当，乐于奉献，造福社会。

内洞村人民深深地怀念这些烈士们。在他们心里，十字岭上，一座丰碑高高地矗立着。他们多次派人前往漳州芝山红楼的红军攻克漳州纪念馆和龙岩的闽西红军纪念馆，核对红军攻克漳州战役烈士人数，把一千三百零八名烈士记录下来，希望通过努力得到上级和社会各界的支持，在当年的战场上建设一个烈士纪念园，树立一座纪念碑，把一千三百零八名烈士的英名刻写在上面，以告慰烈士们的英灵。

洪流漫过十字岭

□ 托地

当我站在龙山镇南坪村内洞自然村村口，面对连绵起伏的山岭，竟然没有意识到自己已经来到漳州战役的主战场了。

上个月，我到天宝的古寨农场呼吸新鲜空气。那里四处飘着红旗，五角星映衬镰刀铁锤，“中国工农红军”几个繁体字特别醒目。一个六十来岁的男子穿了一身单薄的灰军装，领章帽徽红彤彤，挺立在红旗底下。细雨霏霏，空气冷得有些咬人，我忍不住把手插到裤袋里贴着大腿取暖。可他挺得像一张绷紧的弓，脸色和领章一样，红彤彤的，神采飞扬。

原来他就是场主，打小崇拜红军。他年轻时生活困难，最大的愿望是成为一名像红军一样的军人，可是由于种种原因未能如愿，如今日子好过了，他就把儿子侄子们一个接一个送进了军营。他说，红军就是从农场后面的天宝大山下来的，浩浩荡荡，神兵天降啊。

我突然很想到山的另一面去看看，看看红军是怎么攀上天宝大山的。接待我们的是南坪村的老支书陈荣金。老陈是内洞自然村人，他听着祖父和其他长辈讲述红军为革命英勇献身的故事长大，后来当了村支书直至退下来，都忙着搜集整理相关的史料，投身战场遗迹保护，奔走各地查实红军烈士名单，倡议建设漳州战役纪念园。

尽管那场战役已过去八十多年，可说起当年，他仿如亲历者，翔实具体，生动形象。

听说我们要看战场，老陈二话没说，走到前头去了。老陈今年70岁了，瘦瘦高高的，走起山路比我还像年轻人。红军进漳必须经过南靖，当时只有两条通道，一是汀漳古驿道，其中关隘就是十字岭、风霜岭一线。二是漳龙公路。漳州平原坦坦荡荡，西北唯一的屏障是天宝大山。天宝大山横卧在南靖、华安和天宝的边界，周遭百余里，从南到北群峰连绵，自榕仔岭、风霜岭到十字岭，山势挺拔石壁峭立，状如卧龙隔断东西，漳龙公路穿山而过，是历代兵家必争之地，也是龙岩入漳的最后一道关卡。

穿过海一样广阔的香蕉林，老陈突然停住了脚步，表情严肃："到了。"眼前是几块大石头，中间那块最大，上面刻着大字"革命烈士永垂不朽"。

古驿道是一块接一块的石头，就在这几块大石头的前面，长满了青苔。驿道的左边，就是战壕，时间赶着泥沙，已经把战壕堆成了一道浅浅的小壕沟，一不留神会以为是林间的排水沟。曾经的碉堡只剩下一块块大石头，面向岭下，依然虎视眈眈，仿佛时时刻刻要吐出火舌。

这道山岭叫石鼓仑，因为岭上有一堆大石头，像一面面大鼓趴在那里。其中一块刻有王辉球将军写的诗："忆往昔，青山处处埋忠骨，烈士鲜血点关山；看如今，碧柏青松百花艳，战友音容又重现。"

石鼓仑上有炮台2个，碉堡4个，战壕120米，还有吹号处1个。吹号处是两块大石头，上面弹孔一个贴着一个。

当年敌军布置工事时放火把岭上的树木烧光了，所以站在石鼓仑往西北方向望下去，所有移动的物体都在枪口的监视下。

石鼓仑和五峰山之间，有两条山路交叉成一个斜斜的十字，难怪这里叫十字岭。

站在十字路口，风打五峰山顶吹下来，冷飕飕的。老陈说，顺着驿道翻过山就是天宝地界了。

右翼就是风霜岭、杨梅岭、十字岭一带，峰多岭多，山丘、沟壑犬牙交错，地形错综复杂，有利于掩护突破。

英雄，与青山共存。

天宝大山深处

□ 吴常青

漳州这个城市不大，周遭的山峦绰约可见，海拔也都不高。天宝大山高大雄秀，是漳州的主山，距离市区15公里，雄踞于华安、南靖的边界上，是漳州市西北郊的天然屏障，山高林密，物产丰富，让我无限向往。传说元朝陈友定入漳时，曾经屯兵在这里。在革命战争年代，天宝大山是漳州战役的主战场。因为漳州地处平原，开阔平坦，易攻难守，仅西北部有天宝大山。天宝大山的红色历史，辉煌壮丽，让我无限敬仰。

据《漳州府志》记载：从前，天宝山中有宝物，每当雨夜，时常吐出光气。宋朝的时候，一天半夜里，人们看见一颗光彩灿烂的夜明珠从山间飞出，流星般地划过夜空，坠入九龙江中。后来被一个打鱼的人网得，进贡给皇帝，因此赐名为“天宝”。《漳州府志·艺文志》中载有宋代漳州知州王冕写的《漳州进珠表》一文，详细记述渔者网得宝珠进贡给官府的经过。天宝大山的神话，让我无限遐想。

无限的遐想，无限的敬仰，驱使我们一群文友相约去天宝大山。带路人轻车熟路，直达南靖内洞村，车停在村道边的内洞八一希望小学。一个大操场，一座教学楼，几乎就是学校的全部了。学校二楼大教室，是童小鹏亲笔题写的“漳州战役南靖决战纪念室”，我们看到了红军用过的军用水壶、子弹壳、铁叉等，看到了红军东路军序列表，看到了漳州战役进攻路线图。当然，最震撼的是看到了参与漳州战役的老将军照片与简介，满满的前后左右几面墙壁都是。这些革命时代涌现出来的第一批将军，他们年轻的头像，静静地，从历史深处无声地浮现。

我像无知的小学生，面对历史肃然起敬，聆听讲解心潮澎湃。天宝大山深处珍藏这一系列漳州战役宝贵的资料，我感到庆幸，这里的人们还牢牢记挂着当年的红军指战员。给我们带路、讲解的南靖文友以及老村支书，如此慷慨激昂，恨不得把历史完全还原出来，让现在的人们好好端详，好好珍惜。老村支书显得壮怀激烈，他的声音是天宝大山深处庄严的播音。

八一希望小学对面的寨前山，是红军前沿指挥部所在，遥对十字岭。十字岭是漳州战役的主战场，现在是天宝大山深处一座普普通通的山峰。当时，红军进漳必经南靖的两条通道，其中最重要的关隘就是十字岭、风霜岭一线，距离漳州城20公里。

十字岭俨然成为天宝大山的革命地标。我们几个热血男人一致决定要去大山深处登临十字岭。山路弯弯，我们在“革命烈士永垂不朽”的纪念碑石徘徊观察，想象大自然堆放在这里的几块大石头，如何成为战斗射击的天然掩体，有的战士倒下，有的战士跃起。顺着山路而上，大山深处的感觉越来越强烈，幽凉、空旷、静谧。时光有惊人的磨灭力量，当时没有这样的路，都是壕沟，都是敌军挖掘出来的军事掩体，山上的茅草几乎都被敌军提前烧光，战争搏斗的痕迹越来越浅，只有细心的人才能发现，山上巨大的石头，青苔之中有永不消逝的弹孔。脚边的大石坑，也许是前线指挥部，也许是集体性的大掩体，勇敢的红军战士无可隐蔽地进攻，是如何迅猛如虎……

一千多名牺牲在这里的战士，没有具体的墓碑，没有标注，现在只看到郁郁苍苍的栲树，它们是高大的落叶乔木，像一排排站岗放哨的战士。我站在树下，拍照留念，在树叶掩映的大地上找寻，聆听，沉浸在战火硝烟弥漫的想象之中。十字岭一块大石头上，刻着王辉球将军的诗句，此时此刻，我仿佛感同身受，觉得大山深处给我大无畏的精神力量。我捡起地上的松果，用力往枝丫上扔，恰好悬挂着，像一枚炸弹。把自己想象成十字岭的战士。在这里，是如此的自然而然。

在十字岭上眺望远处，天宝大山莽莽苍苍，云深处是漳州城。战役的重大胜利，极大地鼓舞了红军士气，也鼓舞了广大群众以更高昂的士气投入战斗。中国工农红军东路军攻克漳州60周年、70周年、80周年时，漳州举办了三次研讨会，漳州与红军，因为天宝大山，从此紧紧联系起来。

革命后代没有忘记前辈，漳州人民也没有忘记红军留在漳州的红色足迹。2014年，南靖县规划建设漳州战役纪念园，选址于龙山镇南坪村，占地约30亩，内有烈士墙、纪念馆、纪念广场和将军塑像及绿化等配套设施。天宝大山的革命遗址值得人们怀念、珍惜，建立漳州战役纪念园，是南坪村民的心愿。我想，改天我还要再找机会来。

苍茫十字岭

□ 魏民

十字岭，位于漳州市南靖县龙山镇南坪村内洞组，是漳州战役的主战场。2017年2月，在一个春风吹拂的日子，我们南靖作协一行共七人，慕名前来采风。

内洞组地处山区，村庄就在山坡上。据说，南坪还有一个外洞自然村。内洞的主要经济作物是香蕉与麻竹。去十字岭主峰石鼓仑的小路，就位于山坡的蕉林中。我们在村民的引领下，横穿蕉园土路，沿着山涧边，勇攀麻竹山陡坡，踩着沙沙作响的竹叶与树叶前行，一绕二拐，越过一处山林，来到一条崎岖陡峭的原始樵道。松树与杂树在山中交替生长，细叶植物与阔叶植物在林中遍布，偶尔还可以碰见几个松果，疏疏落落的，在不引人注目的角落。

十字岭上的树木都不大，只有三四米高，大概跟这里土层稀薄、山石众多有关吧！猛然一抬头，前边一块大石横亘路中，像一位守卫的哨兵，大石上清晰地镌刻着“石鼓仑”。原来，不知不觉间，我们已登上石鼓仑了。

石鼓仑地势险峻，北侧尽是悬崖峭壁。在山巅上，我在寻觅85年前那场战役的遗迹。经指点，在丛林中依稀辨出一条不足一尺深、两尺宽的浅沟，沿山前延伸，就是国民党军队防守的战壕。

当年一米多宽、一人多高的堑壕，由于常年的泥沙淤积，即将被岁月湮灭。几个埋藏于泥土中，用三合土构筑的坚固碉堡以及炮台，曾经是何等的嚣张，如今龟缩在山前，像一个个被人遗忘的留守老人，向人们倾诉昨日的故事。要不是石刻标示的提醒，谁会联想到那是战争的遗迹！

山顶有许多原始山石，外表乌黑。大的像一辆大卡车，小的宛如手提箱。这些山石，掩映在树木丛中，阳光透过树叶，照射在这些经过千百年风雨打磨，变得圆滑可爱的黑石上。

“为修党史上烽冈，结伴松涛悼战场。铁血黄花掩烈骨，丰碑留得赤魂香。”这首镌刻在山石中的七言绝句，是一位党史工作者作的。

“忆往昔，青山处处埋忠骨，烈士鲜血点关山；看如今，碧柏青松百花艳，战友音容又重现！”镌刻在一块长形大山石上的诗句，是开国中将王辉球1964年春路过南靖时，回忆漳州战役有感而发的。它涂饰着金漆，在此显得格外抢眼。

站在石鼓仑遥望，群山连绵，苍山如海。昔日的烽火硝烟早已散去，如今这里树木葱茏，呈现一派平静、闲适的山间景象。我想，如果不是八十多年前那场惨烈的战役，南靖十字岭或许永远只是一座荒山野岭，或许永远跟千山万岭一样，平平凡凡，默默无闻，沉睡在群山之中，走不进人们的视线。

但冥冥之中，十字岭注定要在中国革命史中留下光辉的一笔。十字岭激

战，那震动山河的阵阵枪炮声，改变了一切……

听群众说，在五峰山等悬崖峭壁处，散落着一些无名战士的遗骨。我心里闪过一个念头：假如能把散落的漳州战役无名烈士遗骨收集埋葬，是不是对英灵的一种告慰呢？

也许这是我多余的念头。2014年11月，为纪念古田会议召开85周年、红军开始长征70周年和中国工农红军东路军攻克漳州82周年，红岩儿女联谊会、西花厅联谊会和井冈儿女联谊会曾在北京万寿宾馆联合主办中国工农红军东路军后代座谈会。会上，近百名“红二代”倡议建立漳州战役红军烈士纪念园。这宏伟的规划蓝图已出，建成是迟早的事了。

石鼓仑山腰的一块岩石上，镌刻着“革命烈士永垂不朽”几个大字，这是南坪村内洞组群众每年清明节自发组织的悼念活动场所。我们在此敬献花圈，并举行了悼念仪式。

内洞小学设立“漳州战役南靖决战纪念室”，作为县革命传统教育基地。纪念室展出有关漳州战役的许许多多照片，还有部分红军使用的土炮、枪械等。68岁的老支书陈荣金是个热心人，声音洪亮，翔实生动地介绍漳州战役的过程。

内洞人民也是幸福的，看，开国上将杨成武将军亲自为中央军委援建的小学题写“八一希望小学”校名。在南靖，“鱼水之情”，溢于言表！

走进大岭

□ 庄火旺

南靖“树海”，跨越南坑、船场、书洋和梅林镇，与平和县和永定区相邻，方圆数百里。“树海”因其山峦起伏、林竹茂盛，像波涛起伏的海洋而得名，不仅自然景观优美，人文历史也很丰富。

长久以来，我想去树海游玩的愿望一直很强烈，却因种种原因一直不能成行。直到不久前的一天，南靖县文联组织我们几位去树海核心区的南坑镇大岭村采风，才实现了我多年的愿望。

我们一行人驱车从县城出发，车到南坑镇后驶上通往新罗方向的盘山公路，越过海拔七八百米高的“大山尾”。越往前走，路越狭小弯曲，山间林竹越茂盛。打开车窗，阵阵浓郁的山野气息扑鼻而来，沁人心脾。大家不禁感叹，这里的景致确实优美，空气的确清新。

车在大岭村口停好，我下车眺望，目光所及除了高山，还是密林，绿意盎然。不一会儿，接待我们的大岭村原支书老赖带着我们参观“树海革命纪念馆”。

2005年12月10日，南靖县把它建成纪念馆，开馆后，前来参观的游人络绎不绝。纪念馆是一座白墙黑瓦、带有天井的四合院，大门上挂“南靖树海中共闽南地委旧址纪念馆”的红底黄字牌匾，馆名由曾在这里战斗过的福建省政协原主席题写。两侧壁上分别写关于党史党建工作的指示，给纪念馆增添许多神圣色彩。馆内展出许多先烈使用过的东西，如枪、炮、各种徽章、文件等，每个房间墙上贴满照片，有当年留下的老照片，也有后来拍摄的新照片，每张照片均配有文字说明。我怀着十分崇敬的心情逐一观看每件物品、每一张照片，不禁被先烈们的丰功伟绩深深感染，仿佛上了一堂生动的革命英雄主义教育课，心里充满正能量。

走出纪念馆，我转到左侧的古民居参观。这里紧挨着五六座两层的方形土楼，看起来都很古旧。老赖说，楼里以前住着很多人，现在只有几个上年纪的老人住在里面。当年，闽南地委进驻大岭时，楼里人自觉让出，成为地委工作人员的住所，地委机关报《前哨报》和地委机关电台也设在这里。老赖还说，包括大岭村在内的树海儿女不但支持地委工作，而且积极投身于火热的革命斗争中，涌现出许多可歌可泣的感人事迹。如大岭村的赖风（1907—1946），1945年参加革命工作，在开辟树海新区的岁月里，积极为游击队寻找屯兵地点，发动青年参军入伍，组织接头户解

决游击队给养，对革命工作忠心耿耿，坚贞不屈，最后壮烈牺牲。

随后，我们去民居对面的水尾楼——闽南地委干训班旧址参观。旧址原是大岭村赖氏宗亲祠堂。从这里走出去的干部都成为革命的中坚力量。

老赖又热情邀我们到他家喝茶。他家是大岭村村民比较集中的地方，住房以二层的土木瓦房为主，几乎看不到现代建筑。小村落地处深山密林中，显得非常宁静，有点世外桃源的感觉。大家称赞这里的水好喝，老赖说，这是福建虎伯寮国家级自然保护区的源头，是县城居民的饮用水源，随着生态环境越来越好，山泉水简直可以直饮。谈话间，老赖提到大岭村南面的高山上有两个奇特的自然景观，一个是石笋群，另一个是无底洞，由于未经开发，少有人知道，很可惜。同行的蔡先生对红色旅游文化感兴趣，表示要找时间实地探访，而在宣传部门工作的刘先生则表示将尽力把它推向世人面前，老赖听了非常高兴，欢迎我们再来，也欢迎更多的人走进大岭。

驱车返回的路上，我想，此次走进大岭，不仅实现了去树海探秘的愿望，也了解了树海先辈在革命战争年代做出的不平凡贡献。更主要的，是我对南靖的革命斗争史有了更多、更丰富的认识，感觉真好。

纪念，是为了更好地前行

□ 蔡刚华

脚踩在厚厚的落叶层上，松软且哗哗作响。漳州作协红色文化采风团一行人在南坪村老支书陈荣金的带领下，穿行于天宝山脉的十字岭上森林。南靖县龙山镇天宝大山山麓，群山连绵。红军攻克漳州的主战场——南坪村就藏身在这大山之间。

上山之前，我们先在内洞八一希望小学的纪念室参观。站在南坪村内洞八一希望小学三楼远眺，正前方的山丘——内洞寨前山映入眼帘，这里，曾是当年红军东路军前沿总指挥部所在地，决战的场景仿佛就在眼前。多年来，到南坪村参观学习的人群络绎不绝。不少周边的学校，如龙山中心小学等，都会组织学生来这里。

村里特意把这样的红色文化宣传场所建在学校，可谓用心良苦，让内洞自然村的孩子们从小树立革命的光荣感，因为当年红军的浴血奋战，也因为内洞村民的模范支前，才有了漳州战役的胜利。在简易的展览现场，朴素的村民用自己的理念和信仰把能收集到的与这场战役有关的资料和实物做了最真实的表现，学生课桌拼成的展台上，展示着从八十多年前战场上收集而来的弹壳、弹夹、皮带扣、水壶……尽管所有的展品都锈渍斑斑，但却生动地告诉每一个来访者，眼前这片茂密的树林里曾发生的鏖战与血搏。十字岭正是双方拉锯厮杀最为激烈的地方，示意图上所标示的一条线，如今正是老支书领着我们脚踩的位置。

“这是战壕，那是碉堡，突兀而起的山石背面就是当年吹响冲锋号的场所……”陈荣金如数家珍地向大家介绍在栲树林中坚强地存在了八十多年的战场遗迹。对于那次战役，对于双方的厮杀，这片寂静的山林似乎有话要说，风从旷野吹来，桉树与栲树在嘶鸣，在咆哮，更像是低沉的悲号。

陈荣金给我们讲这场战役的细节或数字很专业。我除了记住数字，更在乎细节，我向他打听这场战役的有关传闻，老陈说，他听长辈讲过，十字岭打得很惨烈。

南坪村的枪声已经远逝。当年的战场如今蕉林连绵，村民驾着摩托车把山上肥美香甜的香蕉分垛在后架上运回。尽管时隔八十多年，但内洞村民还代代相传着一个个军民鱼水情深的故事。

没经过战争的人们很难理解那份经历过生死、苦难之后人与人之间的感情，在这个与清明和重大节庆日都无关联的日子，我们来到全国保存完好的中国工农红军东路军攻克漳州的主战场十字岭凭吊，惊奇地发现人们并不常走的小道刚被修整过，一问才知，竟然是内洞村民定期有人自觉进行修缮，而且一块刻着“革命烈士永垂不朽”的巨石前，经常摆放着鲜花。

走在革命老区南坪村，你会有硝烟弥漫刚去、春风吹绿山间的感觉。革命的鲜血没有白流，眼前那一片鳞次栉比的新农村住房和挂满硕果的蕉林，正明明白白、清清楚楚地告诉我们这一点。

纪念，是为了更好地前行。在昔日的红土地上，南坪村人正发扬自强不息、敢于拼搏的红军精神，努力争取“脱贫攻坚战”的胜利。靠山吃山，作为山区革命老区村，南坪村村民主要以种植香蕉、麻竹为生。要致富先修路，路好走了，村民从山里运输麻笋、香蕉等作物更加方便，采购商也更乐意进村收购。当附近的双明村建立了大棚蔬菜基地，村干部开始分头入户动员，带领村民外出考察学习，请专家到村里授课，筹集扶持资金。利用政府扶持资金，帮助村民搭建大棚，通过基地、农户、公司的模式，如今，首批示范地大棚蔬菜基地已经搭好，进入土地平整阶段。除了大棚蔬菜基地，南坪村首期无公害药材基地也正在如火如荼建设中。“发展才是硬道理”，统筹兼顾，应用各种方式，提高村民的综合素质，提高村民的技能技巧，适应时代发展，运用科学技术增产增收，老区村的“脱贫曲”必将越唱越响亮。

树海风涛卷巨澜

□ 珍夫

南坑镇大岭村与平和县交界，处在莽莽苍苍的大山丛中，有个响亮的名字：树海。树海，是极其重要的游击区，与闽粤赣边革命斗争紧密相连。解放战争时期，树海成为中共闽南地委解放漳州及闽南全境的大本营，不但成立多个老区基层党组织，作为革命稳固的大后方，还成立武装工团远赴闽南各地与敌正面激战，留下了光辉篇章，载入中国革命史册。

中华人民共和国成立前夕，中共闽粤边临委书记魏金水在此登高远眺，微风吹拂树林竹海，有如波涛澎湃的海洋，便欣然命名为“树海”。从此，“树海”名称越叫越红火，以南靖大岭、北坑、象溪为中心，跨越周围数十个行政村，成为闽南与闽西连成一片的红旗不倒的红土地，被称为闽南的“西柏坡”。2017年春节前夕，我们到树海参观中共闽南地委旧址纪念馆，寻访革命志士的足迹，感受艰苦卓绝的游击战争岁月。

闽粤赣交界地域，万山丛林，树海风涛卷巨澜。这里山势陡峭，沟壑纵横，谷深林密，地势险峻，是天然理想的游击场所，搭建的山寮上曾经出没着英勇的游击战士。游击队员如果从树海出发，在密林中穿梭步行，西可抵永定金丰大山，南可达平和大芹山，东可抵南靖县城近郊。如果遇着敌人搜捕，游击队员一旦步入密林，敌人就很难找到游击队员的踪影。

纪念馆由村里的赖氏祖祠改造而成，为两进平房，前面后面都各有卧室和客厅，中间隔着一个小天井。大厅的墙上挂着当年在这里工作过的地委机关领导和工作人员以及武装部队指战员的照片，各个展室的玻璃展橱里，摆满了当年他们在这里战斗使用过的物品，如“边纵”指战员的枪支弹药、臂章、红五星军帽、望远镜、军用地图和工作人员的公文包、钢笔等日常用品以及地委机关报《前哨报》报纸。在一张张发黄、有的甚至有点模糊的照片前驻足，仔细端详这些令人尊敬的前辈当年的风采，不由勾起历史思绪和万千感慨。一件件珍贵的历史文物，在默默诉说着一个个悲壮动人的斗争故事，把我们带进血雨腥风的年代。

在微风吹拂中的树海竹洋，我们仿佛看到密林深处隐藏的武器修配所、伤病员护理所、物资供应所，游击队员们正有序地忙碌着，留下跃动的英姿，传出阵阵爽朗的笑声，一些树海的战斗生活剪影浮现眼前……

中共闽南地委机关进驻树海，各部门都集体睡地铺，借用群众晒稻谷用的“谷笪”当床垫。粮食主要由永和靖县工委千方百计运送上山，供应非常困难，游击队员一天只能吃两餐饭，早上和晚上开饭时，每人自带一个搪瓷茶缸，装满一缸就是一顿饭。平时只有食盐，很少有酱油，配饭的当家菜是咸菜、萝卜干、地瓜叶。如

有石竹笋煮咸菜，或南瓜空心菜，加上一小片猪肉，就是改善生活了。司务长曾多次深入群众家中买咸菜，树海人民非常热情，有的拿三斤，有的拿五斤，都不收钱。如果借米数量较大，就打借条，司务长对他们说：“有借有还，解放后可向当地人民政府讨回。”可是，中华人民共和国成立后老区人民却把借条作为纪念品收藏。

领导和战士一样，不搞任何特殊。

一次，地委副书记陈文平胃病发作，炊事员只煮稀饭给他吃，也没有另外煮菜。环境虽然异常艰苦，但大家却亲如兄弟，团结一致，努力工作，没有一个人叫一声苦，对前途充满信心，体现了无产阶级大无畏的革命精神。

每一处革命旧址都有一段可歌可泣的故事，树海风涛的岁月已经远去。如果说缅怀，是为了坚定地向前，而重温一段峥嵘岁月的革命斗争史，更是为了永远地牢记一幕幕荡气回肠的英雄壮举。那些用鲜血换回来的一枚枚满载荣誉的勋章，刻骨铭心。那些激动人心的历史时刻，那些催人奋进的光辉形象已镌刻在历史的光阴里。如今的南靖树海，有“华东黄果树”的美称。整个瀑布高21米，宽45米，气势恢宏。山泉撞击在岩石上，激起层层水烟迷雾。阳光从峭壁上空射入潭底，波光潋滟水天一色，被誉为大自然的天然氧吧。在绿茫茫的树海之间，这道白练从峡谷上方飞流直下，水声震耳欲聋，极其大气磅礴。涧下一汪墨绿的水潭，更能让被城市喧嚣烦扰的心灵得到洗礼。

和平与幸福的生活弥足珍贵，英雄记忆不能尘封。游击队员以沸腾热血奋战在最前线，用热血与忠诚谱写了荡气回肠的英雄壮举，才有了我们今天和风细雨的良辰美景和平静安宁的生活。人们的生活越来越美好，笑容如春色一样荡漾着五彩的颜色。

当我们陶醉于这幅美景图中，脑海中的思绪延绵不断，我们在慨叹英雄的胸襟与气节时，也慨叹我们战士的伟大壮举。革命的精神穿越历史，映照我们的时代，让喧嚣沉静，让浮华弥散。

树海记录着一段革命的历史，而其本身也已经成为革命史上的重要景区，其所蕴含的历史文化内涵成为南靖人民珍贵的精神财富。当地的人们继承自强不息的血液，高举红旗、迈步前行，为革命老区的发展而奋斗。

南靖县有着大量珍贵的历史文化和红色文化遗存，挖掘传统文化的当代价值已成为盘活文化资源的关键。南靖县委县政府充分挖掘旅游与文化资源，把发展红色旅游与建设美丽乡村相结合，生态风光和厚重的文化底蕴相得益彰，形成了红色文化游。随着岁月的积淀，越来越多的人怀着敬仰的心情，纷纷赶来瞻仰这片红色的土地，红色的树海。通过参观当年老一辈革命家在当地战斗、生活的生动场景，游客如同亲身体验了一番革命岁月。

在各级党委和政府的关心扶持下，红色的树海正经历着翻天覆地的变化，经济基础不断夯实，各项措施不断完善，村容村貌不断换新颜，群众的欢声笑语越来越多，越来越响亮。他们正从那段血与火的峥嵘岁月中，汲取丰富的营养和精神力量，为美好幸福的生活而努力奋斗。

又到杜鹃烂漫时

□ 魏民

2017年4月25日，杜鹃花烂漫的时节，由南靖县摄影家、作家组成的采风团，一路披着阳光，大步走进科岭革命老区。

科岭地处龙岩、永定、南靖三县交界，隶属梅林镇。有下畲、坑下、都宁头、下科岭和上科岭五个自然村，三处红色景观为福建省文物保护单位。

革命纪念亭修建于1963年，位于原“靖北区苏维埃政府”所在地的上科岭村，混凝土建造， 正面刻一副对联：“青山不老先烈革命精神实长在，绿水长流人民建设规模看日新”，对联上方横匾写“烈士纪念亭”五个大字。亭子顶端耸立一颗闪闪发光的红五星，亭内竖一块镌刻烈士芳名的石碑。纪念亭的底座下埋有革命先烈——岩永靖军政委员会主席李明康的遗骨，那是革命老同志王秋荣、王盛芳、王盛金等跋山涉水，他们克服重重困难，艰难地从烈士当年牺牲的地点龙岩适中白叶村大竹林里寻觅回来的。

沿着一级级青石板铺砌的台阶而上，便是一座气势宏伟的革命烈士纪念碑。1979年，中共南靖县委、南靖县人民政府拨专款建造的纪念碑，占地面积

432平方米，碑身高15米，花岗岩石砌成，正面刻“革命先烈永垂不朽”八个隶书大字。纪念碑底座呈四方形，显得庄重大方，正面刻有烈士芳名；四周平台、栏杆、石阶、围墙，与烈士纪念亭组成一个占地两亩多的整体，显得庄严肃穆。

春天的太阳暖暖的，照耀着重修后焕然一新的烈士陵园，也照耀着整个淳朴的山村，土墙黑瓦在这明媚的春光中，别具一种情趣。

村庄四周连绵的群山，高大的山岭，茂密的树林，层层叠叠的梯田，在春天的阳光下全都透着一股青春的活力。忽然，一片翠绿的山林中，我望见了红彤彤的花儿，红得像火，艳得像霞，这里，那里，竟是那么多，那么的鲜艳……

村人说：“那是羊角花。”

羊角花，就是杜鹃花。属灌木类，花朵色彩鲜红，每当春天杜鹃花盛开时，山村的孩童就会一边采摘杜鹃花，一边唱着客家童谣：“羊角花，满山红，鸡母带子入草丛。”

据说，杜鹃花是一位名叫杜宇的蜀王化成的鸟啼血染红的。相传蜀王杜宇很爱百姓，死后化为杜鹃鸟，每年春季依然飞来催促百姓春耕播种，“布谷！布谷！”啼得泣血，鲜血染红了漫山的杜鹃花。但是科岭苏区的百姓更愿相信，那是烈士的鲜血染红的！

在科岭的下畲，有一座翻身楼，是新中国成立后政府拨款新建的土楼。2008年，为了进一步弘扬苏区精神，传承红色文化，推动红色旅游，南靖县政府在岩永靖军政委员会成立所在地科岭村下畲，以新修缮的翻身楼为馆址，建立了“岩永靖军政委员会旧址纪念馆”，开国将军王直欣然题写馆名。

穿行在一间间陈列室里，聆听王老支书慷慨激昂地述说红色的岁月，陈列室近千幅图片以及大量的革命实物，重现着革命的岁月，我的耳边仿佛响起烽火时代的战鼓……聆听烈士的故事，望着满山遍野开得如火如荼的杜鹃花，我心中有一种别样的情怀。陈列馆内，王老支书指着墙上的一张张照片，深情地说：“在土地革命战争时期，科岭人民付出的代价是巨大的！”

他的话，似乎把时光拉回到峥嵘岁月：自科岭燃起熊熊的革命烈火后，敌人就用军事、政治、经济等各种手段进行疯狂“清剿”。在科岭一个杂草丛生的山麓，村民引导我来到当年被“围剿”时烧毁的楼房遗址。如今，这里留存的只是残垣断壁，可我似乎看见土楼被烧时烈焰腾空的情景，听见百姓呼天抢地的哭声。

在艰难困苦的革命斗争岁月里，军民团结一心，生死与共，是真正的“鱼水情”。伍洪祥、王直、熊兆仁、姜茂生等革命老前辈，在纪念亭、纪念碑落成后，多次回到科岭，瞻仰烈士纪念碑。一次，七十多岁的伍洪祥瞻仰烈士纪念碑后，听说下畲老红军王鼎荣卧病在床，便步行3公里山路前去探望。他深情地对陪同的南靖县委书记说：科岭战斗时，他得了伤寒，是王鼎荣一家一直在照顾他。为了使他虚弱的身体尽快健康，王鼎荣的妻子把家里仅有的一只生蛋的母鸡杀了，炖给他吃。

陈列馆内的天井，竖立着张鼎丞、邓子恢和谭震林的铜像，大家和老支书在铜像前合影留念，我的脑海却浮现出1937年4月25日，也是杜鹃花烂漫的春天，闽西南军政委员会重要会议正在科岭下畲自然村的土楼里悄悄的召开……

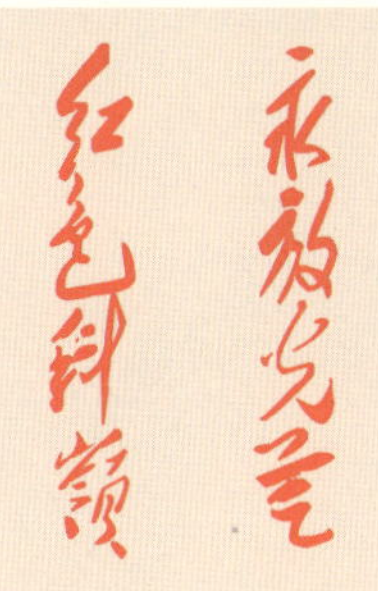